回望一路走来

马冰情 著

吉林文史出版社

图书在版编目（CIP）数据

回望一路走来/马冰情著. —长春：吉林文史出版社，2017.8

ISBN 978-7-5472-4506-4

Ⅰ.①回… Ⅱ.①马… Ⅲ. ①散文集—中国—当代 Ⅳ.①I267

中国版本图书馆CIP数据核字（2017）第197193号

回望一路走来

HUIWANG YILU ZOULAI

著　　者：马冰情

责任编辑：张雪霜

封面设计：已　非

印　　刷：三河市祥宏印务有限公司

开　　本：880mm×1230mm　　1/32

印　　张：8　　　　　　　　字数：150千字

版　　次：2017年8月第1版　2017年8月第1次印刷

出版发行：吉林文史出版社（长春市人民大街4646号）

网　　址：www.jlws.com.cn

书　　号：ISBN 978-7-5472-4506-4

定　　价：39.80元

在这个事态纷扰的花花世界，难免有被困惑得毫无头绪的时候。每逢如此，人们总习惯说当局者迷，旁观者清。然而，很多情景如同隔着玻璃接吻，旁观者恰恰容易被以假乱真，唯有当局者方能感受到滚烫的双唇落在玻璃上那种彻骨的冰凉。我仿佛是在天堂到地狱的路上被遗落在人间的，各种匪夷所思的事情总在身旁扎堆，品尝的味道岂是“酸甜苦辣”能够诠释？我不愿向生人倾诉，也不会对熟人宣泄，只是习惯将这些经历夹带着情感，化作文字在键盘上敲打出来。

《回望一路走来》中的故事，取材于现实，经过艺术化处理，故事本身变得高于现实。文中所写人名皆为化名，请不要对号入座。如果你正好经历过这样一个故事，我便只能感叹：大千世界，无奇不有了。

目　　录

1.我的上学历程

我一向是随着性子来，跟着意愿走，想到什么就写什么，我手写我心。我这样的性格，时常引得读者留言说我的文字充满霸气，虽然站在女性的立场上，但讲出来的话却是男性口吻。我只想说，一个人的性格乃至写作风格，与其成长环境、个人经历有直接关系。

我的童年，过着养尊处优的日子，兜里的零花钱超过一个普通人的年收入。我在不足半年的时间里，换了四所幼儿园，且都是被校方开除的。开除的主要缘由是有家长举报我私下威胁小朋友们吃药。记忆中，我家里总有那么一罐子似乎永远也吃不完的药片叫“四环素”，只要我身体不舒服，妈妈就给我吃几粒，我每次把药片压在舌根底，然后对着妈妈张大嘴巴“啊”几声，蒙混过关便随即寻找安全地带吐掉，因为药品表面裹着一层黄色的甜皮，舔去糖衣后实在是苦涩难咽。久而久之，我深深痛恨这种药片，但也非常认可此药可以通杀百病。于是，我每天兜里装一把四环素分配给幼儿园的小朋友，并监督他们服下去。

儿时，我家住在铁路边。妈妈每天嘱咐我，铁轨是给火车行驶的，行人不得通过。我却偏偏喜欢尝试大人不让做的事儿，而且经过观察我得出结论：火车在启动之前都会先排气，站在一旁能够明显听见“嗤嗤”声像电流一样扫过，从车头开始一节节车厢依次蔓延到车尾，这才迟缓地启动。掌握了这一点，我不但敢在铁轨上伸开双臂摇摇晃晃地行走猫步，还特意选择在火车刚发出放气声时，迅速地从车厢底下钻过去，并暗自得意自己身手敏捷。

我还有个重大发现：火车在倒车时都会有一个手持红、绿两色旗子的指挥员站在列车尾端，通过变换旗子来指挥司机或停或走，我莫名对那两面旗子的兴趣超过拥有任何玩具。一次，我悄然拿了哥哥的红领巾，欣喜若狂地奔到铁路边，费了好大劲儿才爬上车厢连接处。在那里，我潜伏了整整一个中午，终于发现有人坐进车头里，随后一个手拿红绿旗子的人站在列车尾端甩着绿色的旗子，火车开始缓慢倒退。我连忙一手抓紧车厢扶手，一手伸出外面，使劲儿地狂甩手里的红领巾。几分钟后，火车突然停下了，司机下来大声吼道："你同时甩红绿旗，我到底看哪个？"二人争辩之时，意外发现车厢间举着红领巾的我。我被送到铁道部门，爸爸在那里上班，我的过错自然而然地给爸爸记了一个大大的处分。

那时候市里的幼儿园并不多，离家较近的四所幼儿园都将我拒之千里之外，爸爸决定把我送到乡下的外婆家，还得意地抛下一句："那里没有火车。"

我一连被四所幼儿园开除的消息很快传到外婆村上的学校。这所学校分小班、中班、大班、一年级到五年级（山西的小学是五年制）。

教导主任说："你家这孩子总是欺负小朋友，就让她直接上一年级，班上的同学都比她大，她就没有欺负的目标了。"我顺理成章地被安排进了一年级，因为很反感去上学，所以我总是在预备铃响起时才晃晃悠悠地溜达进教室。接着，代课老师后脚跟就出现在讲台上，班长一声"起立"，我没能跟着大家站起来，只因刚进教室根本没来得及坐下。

几个星期下来，我照旧是孩子王，大家都对我毕恭毕敬。我唯独不敢欺负一个女生，老师说她有先天性心脏病，谁若敢让她生气，导致她一口气上不来，有个闪失，那就得偿命。我当时想，如果把这个女生气坏了，若要偿命，她比我大三岁，那我真就亏大了。出于这一点，我从不敢去招惹她，只觉得莫名憋气。

校园生活过于乏味，我迷恋上了小人儿书。上课时，我偷偷在课本底下压一本小人儿书，趁着老师在黑板上写字的工夫赶紧偷瞄几眼。那种书是黑白图，整个页面都是图画，只在右侧或底边有一两行小字。

我偷看小人儿书的功底尚浅，总被老师逮住。老师当然要没收小人儿书，我就快速撕下已看过的部分递向老师辩护道："这部分是我在课堂上看的，你可以没收，剩余的部分我没在课堂上看，你就不能没收。"

见老师僵持在原地，我只得苦口婆心地劝导："如果你没收了这部分没看过的，那么我会一直去猜想后面的情节，即便眼睛盯着黑板，心也不会与大脑往一处使，所以你还是把这部分留给我，我会在回家后再看。"老师或许是觉得言之有理，当场警告"下不为例"就不了了之了。后来的课堂上，我就提前准备一本已经看过的小人儿书，当发现老师那锐利的目光从讲台上射过来时，索性将书主动递过去，这样一来，总能侥幸地逃避一场讨价还价的口舌之争，反正外婆家小人儿书多得是。为了看懂小人儿书，我倒是学会了不少生字，当然，这功劳得归于哥哥在我入学前早已教会了我使用字典。

有件事让我百思不得其解，别的同学回答对了问题老师很高兴，而我回答对了问题老师便相当生气。直到几个月后的一天，教导主任去外婆家，委婉地说："这孩子特聪明，上课压根儿不听讲，回答问题却从来难不倒她，认识的字词远远超过课本里所学的，尤其是数学，能用二、三年级的知识去解题。我们开了个会，决定让她直接上三年级吧！"我一想起那个患有心脏病的女生，就想立即跳级，每天看着她凭借先天"优势"，见男同学便撒娇，见女同学就撒泼，谁都不敢奈何她，不知何时，她已成了我的一块心病了。在我的怂恿下，外婆犹豫着，最终还是点头了。后来我无意间听说，学校做这个决定是希望我早点儿从这个大门毕业出去，大家都省心。

跳级后我感觉有点儿吃力了，一边自学二年级的知识，一边认真听三年级的课程。还好，努力决定成果，在初次单元测试时，我成功考了全年级第一名，之后一直稳居宝座。那一年，我把外婆家成捆的小人儿书彻底看了个遍，并一发不可收拾地爱上了写作，随即就尝试着给编辑部投稿。一次次的退稿没有浇灭我的热忱，反而激发了我更多的不甘心。再后来我就时常收到寄来的稿费或刊登着自己文章的书册，又以高年级同学的名义参加县里的作文竞赛，屡次获奖，最终深得师生们厚爱。

到四年级时，我已自学完五年级所有课程。我再次开始抵触听课，但不会影响其他同学，只顾埋头去撰写文章，再去投稿。这种安静保持了很久，直到有一天班里插进来一位留级生，我俩时常一不小心就会擦枪走火。留级生，男，是个胖子，长得人高马大，令人望而生畏，目测他若摔倒，足以直接把我拍成肉饼，但我内心从未有过胆怯。他经常在上自习时，掏出一罐健力宝使劲儿摇一番，随即高举过头，接着狠狠地咳嗽几声，引起全班同学的注意，最后才猛地一把拉开封口。

我坐在他的后面，这种碳酸饮料被这么一折腾极易外溢，每次都会溅得我身上、书上皆是饮料，我俩难免拳打脚踢起来。打架这种事，不在男女，靠的是手快、心狠，我们往往数十个回合不分胜负，一般都是在老师出现的刹那停战。终于有一次我爆发了，直接拿起文具盒砸向他的脑袋，他反手也举起文具盒抗击，我迅速抱起一条凳子，那家伙被震住了，本能地护住脑袋蹲下去，我趁势将他卡在凳子下，使出浑身力气狂揍他一顿，直至他求饶：以后在教室再也不喝健力宝了。不过，我后来看见健力宝就来气，至今未喝过。

留级生因近视眼原因而被安排在前排，后面被挡住视线的同学叫苦连天，而这恰是天助我也，前面就像竖了一堵屏风，我在背后正好可以避过老师的眼睛放心写作。那时父母一年也就来看我一两次，我把所有的思念都写在了一封封信里，但从未寄出去，只是锁进一个抽屉里。我的成绩始终稳居第一，若不是因为老师说作文不能得满分，我完全可以得双百。

升入五年级，我对上学厌倦至极，只因老师讲一句，我就能推测出后面的内容，完全找不到一点儿新意。一次偶然的机会，我无意间到学校后面的一片树林，碰见几个村里还尚未入学的小孩，他们用树叶将鸡蛋裹起来，接着在外面抹一层稀泥巴，最后放进柴火堆里烧。我用随身的一包熊毅武方便面（那个时候熊毅武方便面一包八角钱，后来不知什么原因，这种方便面彻底消失于市场）向小孩换了两个烧鸡蛋。

接下来的几天，我都偷偷溜去那片树林，小朋友们用木棍儿支撑起一个大筛子，在下面撒些米粒，然后潜伏在隐蔽处，等麻雀飞进去吃食时，我猛地一拉拴在木棍儿上的绳子，麻雀就被罩住。麻雀也是烧着吃，我每天带些零食换取麻雀肉吃。其实，一只麻雀只有胸脯处一小口肉，所以他们一整天扣住的麻雀全让我吃了我也觉得不过瘾。有一次玩儿得很嗨，竟忘了天已黑，害得外婆与几个亲戚满村子找。

接下来的日子，由于我心系树林里那群孩子的野炊，不是迟到就是旷课。一天，我被叫到办公室，班主任说："你不能逃课，不能离开校园，否则你会被开除。"

我不以为然地站在那儿，目光瞄上了桌上的象棋盒子，班主任疑惑地问："难不成你会下象棋？"

"会一点儿！"我点头。

"真会？你试着把棋子完整地摆好给我看看。"班主任一副将信将疑的样子。我迅速将棋子在棋布上对应的位置摆放好。

班主任先是一惊，随即说："我们来一盘？"

我说："好！"

我连输三局，但班主任笑哈哈地说："不错，能与我周旋一阵子已经不错了。"之后，我就成了班主任办公室的勤务员，偶尔给他倒杯水，扫扫地，也替他批改试卷，闲暇时间就下会儿棋或看会儿闲书。

我以县城第一的名次结束了小学生活。后来回想起来，总不明白学校当初为何如此纵容一个小学生，朋友笑语，"你学习优秀，只要不捅下大娄子，谁会吃饱了撑的去招惹你，只求安然把你这尊大神送走就好。"

新学期开学时，我对学校彻底起了反叛之心，强言狡辩小学课程都是我自学的，何苦要继续被校园的围墙圈禁起来，任凭家人好言相劝乃至威逼利诱，反正我是死活不去报名。我从小性子很烈，全家实在拗不过，爸爸只得做出让步，说："反正她年龄还很小，暂且先休学一阵子，在家没有同龄孩子与她玩儿，过段时间待得闷了，她会闹着去学校的。"殊不知我一休学就是整整两年，那些日子我并没有自学初中课本，而是整天看各类故事书，也时常给编辑部投稿，中稿率还颇高。

我与三哥感情一直很要好，在三哥的引导下，我跟着去了他所在的中学就读。我到学校报到时，学校已经开学有一段时间了，我一心想着早点儿毕业，执意要直接读初二。三哥说初中不是小学，跳级会很吃力。我一再坚持自己有自学天赋，最终如愿以偿地成了初二的插班生。

那段日子是我学习最卖命的阶段，走路、吃饭都在咀嚼课本，连同蹲厕所，大脑也不曾休息。当时最让我头疼的是英语，由于那时的小学还未开设这门课程，再者又是直接跨进初二，这就好比学习理发，直接撞上个络腮胡子，真不知从哪里下手。所以一提到英语，我整个人就如同被扔到太空，一下子就飘起来了。英语老师叫张冬元，讲课时方言极重，很难辨别发音，加之在领读时有意无意地把音符拉得很长，英语从他口中读出来就像唱催眠曲儿，很快便使我进入睡眠状态，我暗想应该叫他张冬眠更为贴切。

记得第一节英语课，张老师走到我桌边问："What's your name？"我竟然把他的话听成："狼吃羊耐饱！"所以我疑惑不解地问："狼吃羊耐饱，这还用说吗？！"自此，这句话就成了全班的经典笑料。张老师在处理课后习题时，习惯让同学们横行或纵列按座位依次作答，别的女生不会做题时颇为窘迫，而我骨子里从不知道"怕"是个什么概念，因而每次轮到我作答习题时，就毫不犹豫地大声回答："不知道！"

一次，张老师异常气恼地说："我看你就放弃英语吧，以后回答问题轮到你就直接跳过去，下一个同学替补上。"那节课，我悄然哭了，是为自尊而流泪，这意味着在左右或前后两个同学之间，我这个大活人是完全不存在的。

那时我与三哥租房住在学校附近，三哥说他来辅导我英语，我立誓一定要与张冬眠争个高下。为了尽可能争取时间，我连吃饭几乎都是囫囵吞枣，让其在肚里慢慢消化，走路更是跑步前行。这期间几次轮到单元测试，代课老师们商量后一致同意，我先赶课程进度，一切待到期中考试见分晓。

转眼，期中考试来临，我惴惴不安地去了班主任的办公室，开门见山道："柳老师，我不能参加这次的期中考试。"

"为什么？"柳老师很诧异。

"因为我从未考过第二名，要么不考，要考就要考第一。”现在回想起来，我都佩服自己那时的勇气。

“那你什么时候能考第一名？”柳老师认真地问。

“这个学期的期末，我若考不了全班第一，就收拾东西离开学校。”我等于立下军令状，切断了退路。

“好，有志气，那就等着看你的期末成绩说话了。”柳老师似乎异常兴奋。

期末考试如期而至，公布成绩后，我是全年级第一名。听同学说，我去之前，是另一个班的一名女生稳居第一，我们班从未有人拿过第一，为此，班主任经常训斥同学们不给他长脸。我当时夸口是考全班第一，结果拿了全年级第一，而且将第二名甩了整整一条街。我的事迹在本校堪称前所未有，一时之间师生们都在疯传有个天才诞生了。

我利用假期自学完初三的课程，新学期，几乎能闲出病来。由于初二一年学习太过紧张，我与好多同学都未曾搭过话。有段时间，我注意到教室最后一排的角落里坐着一位极其腼腆的男生，他上课从不回答问题，下课也不与同学交流，真是惜字如金。

一次下课后，我就直奔那个男生，敲着桌子问：“你叫什么名字？”那个男生脸蛋儿顿时涨得通红，极其不自然地笑了笑，又迅速低下了头。

“我命令你，以后每节课间，你都必须与我说一句话。”我使劲儿摇晃着那个男生的肩膀，他就像一团软面，没有丝毫反抗。从那儿以后，下课铃尚未停止，那个男生已从后门窜走，上课铃响起，他才溜回到座位。直到现在偶尔想起来，我的直觉判断，那一定是一个有故事的男同学。

后来，我逐渐忘了那个腼腆的男生，津津有味地开始去写自以为是小说的文字。令人感到崩溃的是，我花费几个月时间还未收尾的小说不翼而飞，经过好一番打探得知是值日生无意间碰翻了我的书桌，发现小说便偷偷拿去一睹为快，结果一人看完传给另一人，传来传去就不知去向了，最终再也没回到我的书桌里。

几个月的成果被毁于一旦，我特别闹心，却不知该拿谁撒气。为了缓解情绪，我便开始与班里调皮的同学徐玉泉等人打成一片。记得一次自习课，同学们进进出出，有的去打扫卫生区，有的去老师办公室探讨习题。我指使徐玉泉把笤帚夹到教室门正上方，心里也没想要明确去砸谁，反正被砸到的人就自认倒霉吧。

突然，班主任柳老师抱着一叠作业本匆匆推门而入，笤帚不偏不倚地打中他的肩膀，柳老师怒喝道：“谁干的？”

“是我，但我真没想要砸你。”我本是趴在窗户上观察谁会投网，不料班主任半路杀进来，我没来得及坐回座位，直接定在那儿。

“到办公室来！”柳老师话音未落，人已出去了。

徐玉泉坐在过道间，我经过时顺便拍了下他的脑袋，嘱咐道：“下次，你把笤帚夹好后，就去门外把风。”

徐玉泉连连点头，并深情款款地送上一句：“祝你一路顺风！”

进了办公室，柳老师递过来一份模拟试卷让我坐在一旁答题。半小时之后我便把试卷交过去，他认真地核对答案后，脸上挂着满意的笑容，说：“这是复习班上个礼拜的试卷，最高分是94分，你一个跳级应届生却能得满分，相当不错。以后别再捣乱，回去吧。”我愣了愣，不禁暗笑这样的惩罚简直是在挠痒痒。当时学校创办了一个复习班，招收的都是中考失败的往届生，有的学生甚至复读过三四年。

学校当时的师资设备不怎么样，但进入中考备战期，考试却是有模有样，而且几乎是三天一小考五天一大考，考场规定不到半小时不得交卷儿。监考老师总是嘲讽地说：“半小时就交卷儿都是笨得啥也不会的学生！”就冲这句话，当然没人愿意自认就是那“笨得啥也不会”的学生之一，宁愿把牢底坐穿，也不去第一个交试卷。我写字可谓刮风，速度超快。常言道，慢工出细活儿，我的字丑陋不堪也就认了，据说一个人的字迹与长相往往是成反比的，而上帝并没有给我一张好看的脸，却让我拥有了拿不出手的字。我一般半小时左右就能答完题目，自然而然总是第一个交卷儿的学生，随着我一开道，便陆续有人交卷儿了。久而久之，师生都说："第一个交卷儿的学生就是那个天才！"

在我进入初中那年，家庭状况开始走下坡路。俗话说，"船烂了还有三千钉子"，爸爸虽然不再有精力做生意，但积蓄还可以维持生活衣食无忧。只是家中常年只出不入，大哥、二哥又相继成家，我与三哥还要读书，父母身体逐渐衰弱，用钱的地方实在太多。

中考已迫在眉睫，而我的家庭却像掉进了马蜂窝，整日不得安宁。一向心高气傲的我哪里受得了如此奇耻大辱，一气之下竟选择了与学校不辞而别。我在路边随意拦住一辆客车，司机问我去哪儿，我茫然了，一时还真不知该何去何从，稍作思虑后回答："客车到了终点站我便下车。"我望着车窗外倒退的景物，大脑开始搜寻去哪儿为好。去北京是第一反应，首都自然是充满正义的，一切都是美好的。我带着憧憬，几经波折，最终到了北京。

因我还是未成年，根本找不到工作，咬紧牙关强撑了一个月，我被父母连哄带骗领回家中。第二年临近中考不足两个月的时候，三哥向佳县一个中学的校长讲述了我的上学经历，因而我有幸再次坐进初三年级的教室里。

那时的我已是身在学校心在外，看透了人情世故。家庭经济一落千丈时，亲朋好友都退避三舍。如果我家曾在得势时目中无人，败落时遭人讥讽，那都是罪有应得。只是在我儿时的记忆里，也不懂评判人情世故，只记得家中亲朋好友从没中断过，有的拖家带口，一住就是几个月。

爸爸本是陕西人，逃荒到了山西，做生意起家后，爸爸的亲属有好几家都跟着在山西扎根。说到这里，我想起被爸爸介绍到朋友那里上班的几个亲戚，来时说是身无分文，爸爸立即打招呼让朋友先给亲戚预支工资，结果没干几天，亲戚连招呼也不打就溜走了。那时的通讯还很落后，朋友就拍电报或派人转告爸爸，爸爸找到那些亲戚，他们一句“当时有急事，来不及辞职”就算表达了歉意，爸爸还得代替亲戚退还朋友预支的工资。

当然，也有知恩的亲戚。妈妈的一个外甥女将积攒的五百元私房钱私下借给我家，之所以说是私下，是因为她爸认定我家彻底倒下了，再三劝阻别借，但她是个老实到不会撒谎的女人，当妈妈借钱时竟说漏了嘴。她还说小时候娘家穷，每次去我家，妈妈都给她从头到脚、从里到外换上新衣，所以现在拿出的钱多少是点儿心意。

还有爸爸的一个外甥，年轻人花钱大手大脚，基本是个月光族，却在三哥开口求助时，跑去央求领导才领了预支的一个月工资。三哥推辞时，他说爸爸为了安置他的工作，没少出力，他连瓶水也没给爸爸喝过，如今我家落难，他理当尽绵薄之力。且不说这两个人借钱多少，单是他们的诚意已足矣。人只有处在低谷时，才能看清谁对你真心，谁是见风使舵的人。

爸爸虽不识几个大字，但绝对通情达理。外公有很多土地，当初极不情愿把女儿下嫁给还是打工仔的爸爸，而爸爸表示对于当年的冷落，完全可以理解，还说外公是好人。爸爸或许是受外公影响，从商以后，正好赶上当年“四荒拍卖”的政策，便特意在外公家邻村买了很多荒山荒沟，大肆修田筑坝。那时机械还不发达，只有推土机，其余都靠人力。政府还在大会上给爸爸戴过红花儿，以资鼓励。

爸爸若是生活在“水浒”年代，绝对是条绿林好汉。

一次，我跟着爸爸去临县兔坂镇看戏，那天正巧逢会，一些小商贩将地摊摆在道路两侧，使得路面特别拥堵。那时，从太原到榆林佳县路线的客车必须经过此镇。我们远远看见一群人围堵着吵嚷，爸爸拉着我挤进去，才得知是一辆客车，在会车时刮倒了路边地摊的衣架，商贩就挡住车头不予让道,非要逼迫司机买走掉在地上的所有衣服才肯罢休。

爸爸一怒之下，一把将商贩拽到路边，呵斥道："就你这样讹赖做生意，一辈子也只能摆地摊，你的衣服挂在那儿，本来也灰尘扑土的，掉在地上捡起来拍拍就没事儿了。再说是你摆摊儿占了路面才导致客车刮倒衣架。如果你非要赔钱，走，跟我回家去取！"商贩灰头土脸，不再吱声，爸爸招呼客车司机放心发车。后来，那趟路线的司机一传十，十传百，人们都认得了路见不平拔刀相助的爸爸。妈妈是高门大户走出的女儿，从不与人斗嘴，在家庭落魄时，她不离不弃，对爸爸没有一丝抱怨，只是责备自己没本事，帮不到家人。

话说熬过漫长的假期，我拉着一只皮箱，拎着两个大包儿，拿着录取通知书只身来到榆林。那时的榆林，车站、机场这种人流量较大的地方有很多私家车因抢着拉客而发生冲突，刚刚出站的我还没来得及打探要去报到的学校路线，就被几个接客的司机团团围住，有人直接企图先夺取我的行李，有人抓住我的胳膊问去哪儿，幸好赶上长阳职中招收新生的大队人马我才免遭一劫。一位师姐听到我的成绩后，说去育英学校读书可免去学费，另两位师哥便顺势接过行李，我好不容易摆脱了接客司机的纠缠，就那样稀里糊涂地跟着学长们去了。

高一的生活相对平静，我与几个同学关系甚好，但从不谈心。那时，在校学生家庭条件好点儿的佩带个小灵通，条件差的只能买充值磁卡与外界通话，衣服以及生活用品基本是在一个消费廉价的水利商场购买，而我当时使用的是一部三千多元的三星手机。我不知道那款手机的具体型号，只清楚地记得它有一个红色翻盖，盖壳有个小正方形透屏，来电话时号码就跳跃着滑过，镶嵌在透屏边沿的彩钻也会跟着闪烁。

我的衣着都是专卖，日用品更是精挑细选，过一个生日的开销超过其他同学一年的生活费。当时在本市最豪华的银河大酒店，我在那儿设宴待人，一位同学饭后带走一盒酒店的火柴，逢人就指着火柴盒上的字样炫耀自己在银河大酒店吃过饭，现在想起来都觉得好笑。然而时隔多年后，我的同龄人都玩儿过了苹果手机，而我还在用已经停产的诺基亚手机。我觉得人都会经历一个心理过程，寂寞时渴求喧哗，热闹过又奢望平静，无知时膜拜虚荣，成熟后低调内敛。

爸爸一直主张女孩要富养，所以在家庭败落时，依然极力保护我这盆温室的花朵儿不受侵害。家人在衣食上尤为宠惯我，但对我的言行甚是苛刻，使得我最见不得口出脏言，尤其不能容忍别人对父母的辱骂。

一个早晨，大家都在匆匆洗漱，准备去跑操。记得宿舍门口的墙上钉着一块儿镜子，我在镜前梳好头发，向后一退，刚好踩在徐小菊脚上，我一连说了好几个“对不起”，她却骂骂咧咧个不停，而且见我不还口，越骂越来劲儿。我一个箭步过去，她见势哧溜一下跑出门外继续叫骂。一位舍友拉住我，说徐小菊不是盏省油的灯，开学不到一个月就与宿舍的每个人都吵过架，劝我不必生气。我当时与另一宿舍的王鸿雁走得特近，极少在自己宿舍停留，自然不清楚每个人的脾性。

上完早操，有半小时活动时间。我刚走进礼堂旁边的厕所，就听见徐小菊正向另一个女生指名道姓扯上父母骂我，我当即火冒三丈，一把抽出系在裤子上的皮带朝着徐小菊甩过去。她大叫一声，站起来提着裤子就冲出厕所，一边拼命逃跑，一边还不忘回头骂我，见我穷追不舍，就直奔班主任的办公室告状去了。老师调查了事情的原委，训斥我一番，就嘱咐这件事到此为止。出了办公室，徐小菊挑衅地翻着白眼，我回以一笑："就你这德行，我见你一次打一次。"话毕，我便去了教室，早把徐小菊抛在脑后。

早上四节课完毕，大家都饿狼一般地奔向食堂。我回宿舍取饭缸儿，一眼注意到徐小菊的床铺只剩下空荡荡的床板，再看她的生活用品也都没了踪影。隔壁一个同学因肚子疼请假在宿舍休息，她说徐小菊是在第二节课时收拾东西走的。那一刹那，我呆立良久，为毁了一个女生的前程而深陷自责。

第二天，班里的一位男同学对我说："我与徐小菊是初中同学，她哥挺厉害的，你要提防她来报复你。”

“哦，你认为她哥会不会把我直接弄死？”我故作严肃地问。

“那倒不会，顶多是把你痛打一顿。”男同学回答。

“没事儿，只要留口气就好！”我淡然一笑。

“徐小菊转学去绥德二中了。”男同学又说。

“谢谢你告诉我这些。”我转身离去，长出一口气，很庆幸徐小菊只是转学了，若真是自此退学，那我将终生难以安心。后来，我再没听到徐小菊的任何消息，更别提她的哥哥了。

我承认自己争强好胜，但绝不无端生事，宁可与男生打架，也不愿与女生拌嘴，徐小菊是我打过的唯一同性，同学们常用“行侠仗义”来评价我。毕业后，偶遇一女同学，她很感激地说，上学时几次被人欺负，都是我出手解围帮了她。另一位女同学在多年后见到我，更是热泪盈眶地说，当年宿舍被盗，她身无分文，是我给了她三百块钱而后就不辞而别，那钱至今未还，害得她一直记挂在心。

高一假期，我回家看到爸爸蹲在地里为庄稼拔草，我问爸爸为何不用锄头锄草，至少省力。爸爸说他不太会用锄头，有的草与庄稼挤在一起，锄草时容易连庄稼一并锄掉，所以就先用手把庄稼根部的杂草拔掉，然后再用锄头去锄距离庄稼较远的杂草，这样就可以防止因锄草导致地里缺苗，收成就多一些！爸爸的一席话瓦解了我心底的最后一抹坚强，眼泪如同开闸的洪水，混合着对亲人的心疼，我随即悄然转身离去。

从那时起，我脑海里开始琢磨如何才能挣钱。从小娇生惯养只学会如何花钱的我，在瞬间意识到金钱的重要性，我家已几乎处于弹尽粮绝之地。开学返校后，我经常溜出校门去看哪里有商机。

一个周末，我批发了一些充值磁卡，出于自尊，便去卖给了外校的学生，挣到一百多元钱。后来每个周末，我都悄悄去外校卖磁卡。国庆节放假前一天，我在外校一所公寓卖磁卡，无意间听见几个学生抱怨："咱们学校太偏了，打个车真难，想想明天带着行李去车站就发愁。"我的脑细胞刹那间被激活，忙走过去与几个学生沟通，说可以让客车来校门口，他们只需按照正常票价再加五元打车费即可。大家都赞成，还帮我找了很多同学，我统计好去各个县城的人数，给他们留下手机号，约定第二天一早九点钟在校门口集合。

话说当年榆林只有大街、二街、三街三条主街道，部分学校、工厂就建在荒芜的沙梁上，出门想坐出租车就得看运气，碰巧，若有人从街上打车刚好回来，那么你就可以坐上这辆出租车了。那时的出租车不打表，上车五元钱，报地点就行了，所以司机很怕拉上路程较远的乘客。当时在榆林市上学的学生基本来自周边12个县城。我当即去车站找到一个跑客车的远亲哥哥，他帮忙给我优惠包租了几辆去各个县城的客车，我将贩卖磁卡挣来的钱作为定金交给了司机，互留手机号，约好第二天准时在学校大门口见面。一切都在我掌控中，那次我顺利挣到1600元！

面临文理分科时，班主任说："理科都是脑子转得快的学生！"就冲这句话，我也要选择理科班。再加上幽默风趣的历史老师刚新婚，我的男神已为人夫，可恶的是喜糖还是我分发给全班同学的。再说地理老师,我每次盯着他肉乎乎的圆脑袋，怎么看都像极了他手里的地球仪，害得我常想轻轻拨拉一下他的脑袋，看会不会也像地球仪那样转圈。

升入高二，我选择了理科班。那年家里经济彻底滑入谷底，墙倒众人推，破鼓万人捶，我家陷入众叛亲离的境地，生平第一次深深领悟到人民币的重要性，我决心一定要东山再起，然后趾高气扬地站在众人面前。

有些事情一旦尝到甜头儿就会上瘾，尤其是挣钱。我的心越来越大。一天，我独自在校园附近溜达，看见一家招待所急转，我进去与老板交流，了解到老板是西安人，两口子在榆林顾着挣钱，孩子在西安读书因无人看管而沉迷于上网，所以二人决定转让小店，回去抓孩子的学习。

老板看到我还是个孩子，觉得说多都是浪费，一口价六万块钱方可成交。整栋楼共四层（不包括地下室），一楼被分隔成饭店与商店，已转租出去了。六万元包括招待所的九个月房租在内，而一楼的租期还有十几天就到了，租金两万八，也就是说其中有两万八我只是垫付十几天，地下室只存放些杂物，收拾一下也可以利用，客房内很多东西都是新换的，显然老板是临时决定转让，否则应该不会给店里投资。我仔细盘算一番，认定没有多大风险。

我当即坐车去向几家血缘最近的亲戚借钱，那时的自己很谦卑，开口说借我百儿八十块也好，若信得过多借点儿，自然感激不尽，一年内一定还钱。走了三家亲戚，有两家嘲讽地说："你这个年纪哪会做生意，估计到时候连本钱都捞不回，现在借给你钱反倒是害了你！"还有一家亲戚掏出十元钱说："给你个坐车钱回去吧，十元钱也不指望你还了，若是借你再多的钱，恐怕只能等你订婚了，要了彩礼才能还。"我的心碎了一地，但我没让眼泪掉下来，接过那十元钱，一把抛在地上，笑着转身离去！

交通不便，除了坐车，我还步行了二十多公里路程。天黑时分，我疲惫不堪地进了家门，两脚都走得起泡儿了，还有几处磨出了血痕，袜子粘在脚上都脱不下来，妈妈为我打来一盆温水，我两脚泡了好一会儿才一点儿一点儿把袜子撕下来，我没有哭，只是默默感受那份酸楚，牢牢记住那种锥心的痛。

爸爸在得知我筹钱是为了做生意时，问我："确定想创业？学业怎么办？"

我非常自信地回答："我能学业与创业两不误！"

爸爸欣慰地说："这才是我女儿，能有这份勇气，本钱赔光了又如何！"

爸爸起身去院里的角落，用铁锹刨出一个坛子，里面都是银圆，说："我明天就去给你换钱！"这些银圆我小时候经常玩儿，那时爸爸喜欢收藏古玩，经常给我介绍那些银圆，说这个是"袁大头"，那个是"孙小头"，还有什么"大尾龙""长须龙"等。万万想不到，这些曾经被我当作玩具的银圆，现在将要成为救命钱。

爸爸用银圆变卖了六万元钱，与我到榆林接管下那家招待所，就回去继续务农了。我雇用了一位阿姨负责看门与打扫卫生，自己一边上学一边打理生意。后来我与班主任关系十分融洽，索性就只去听一下主课，其余时间都守在店里。生意越来越好，阿姨根本忙不过来，我必须动手一起打扫卫生。我抱着一堆换下的床单、被套去地下室，塞进充了水的洗衣机，将洗涤键拧一圈，趁着浆洗时间，还得赶紧跑上楼去收拾房间，大约数十分钟，再跑到地下室将床单、被套清水过一遍，拉进甩干桶里，拧一圈脱水键，再趁着空隙跑上楼继续收拾房间。有时来回爬楼梯，会累到腿软得都抬不过一个台阶，直接被绊倒。每当这时，我的脑海里就浮现出我已出人头地的场景，我顿时像打了鸡血，浑身来劲儿。

我告诫自己，这是我人生的第一笔生意，只许赢，不许输！那时我店里捎带卖饮料、泡面等，记得茉莉花儿清茶刚上市，就摆在登记室的玻璃柜里，我却舍不得开一瓶，品尝一下是什么口感。

客房总在下午时分就爆满，也就是在那个时候，我看到了人性的本质。我开始不断旷课，后来接近于休学。

我从小就跟爸爸学到：做人要厚道，做生意要讲信用。所以住客拿包儿纸，喝瓶水，我总笑着说："算了，不要钱了，以后常来住就是照顾我了。"但大多数人都会强塞给钱的。收拾客房时，时常会碰到客人落下的东西，我都保管好，等客人下次光顾时再完好归还。

时间久了，回头客很多，这些人还把朋友介绍来住。一些货车司机把同行都拉来店里，那时的招待所按照床位收费，天气暖和时，随便给阳台、过道铺块床垫子都有人睡，冬天有的老顾客来时已是客满，他们与熟识的人挤一张床也不去换住宿的地方，还执意要给我付店钱。很多顾客更是放弃就近的住所，多绕路程也愿意住到我的店里来，他们说到了我这里有种回家的感觉。因为只要赶巧了，我吃什么都会分给大家，我在洗床单、被套时，顺便会帮忙给他们洗几件脏衣物。

凡事最怕认真，只要你想挣钱，那么来钱的渠道也就多了。刚开始，货车司机来店里住宿时，他们的大车停在附近停车场，后来，我就让他们停在楼下。

话说我让大车停在招待所楼下，当然是要收停车费的，那么我就有责任看管大车，使其免遭损失。在天气暖和时，我就在招待所大门口放一张床垫子，和衣而睡将就一个晚上。那段时间，我收留了一条流浪狗，我睡觉时，它就蹲在一旁。天气太冷时，我也就不去挣那个钱了，大车再去停车场。记得那时的我，每天都打瞌睡，走路像荡秋千，因为客人有凌晨走的，也有半夜来的，白天还得帮忙打扫卫生，累得我站着都能睡着，但是每晚看营业额时，我就感觉动力满满。

我一心扑在挣钱上，学业逐渐落下了。店里也会来一两个心怀不轨的人，偶尔言语调戏我，或是伸出咸猪手，我骨子里住着“毫无畏惧”，你敢露出魔爪，我就敢剁下来！但是考虑到一旦得罪对方，人家来找麻烦，我的店又搬不动，而这是爸爸珍藏的银圆换来的生意，更是全家的经济来源。我只得笑脸相迎，机智脱身。混到毕业时节，我匆匆转让招待所，回到山西。我在一年多的时间里，看透了太多世故与人情。

再次回到山西，高中毕业的我毅然选择了去闯荡。爸爸半辈子都在上班，自养了一个车队，专门去煤矿拉煤运送到铁路站台。于是，我萌生了养大车的念头。爸爸不赞成，理由是大车东颠西跑，女孩子不适合干。我倔强地说，咱家现在做生意，只能挣得起，赔不起，而我从小看着车队长大，还算懂些内情，所以养车相对有把握，只要能挣钱，没有性别之分，我能比男人做得更好！

妈妈常说我从小就很执拗，认定的事情没人能阻拦，儿时父母阻止我干某件事，不惜动手打痛我，但我照样会背着他们去继续做未完的事情。于是，我独自去订车，雇用司机，上户，配货，出发。

人之初，性本善。只要你真心与人相交，起码也能换回一半的回馈，而这里面包含了更大的潜在价值。我给司机的待遇超出对自己的好，沿途路上碰到可吃喝的，不管多贵，哪怕少买点儿，我都会让他们尝尝。司机家里有难，我就主动预支工资。我的司机常对外人说，老板就像自己的亲妹子，必须用心帮忙，所以我养了几年大车，没有任何肇事发生。我相信，人心是相互的，更明白我虽是老板，但命运却握在司机的方向盘上，他们一个疏忽，别说我挣钱，恐怕性命都难保。

跑大车五湖四海都会去，我经常带回各地的特产送给煤矿的门房儿与装煤的铲车司机。别看不起一个看大门的老头儿，因为大车进入矿里装货时，都要在门房那里按顺序排号等待，大爷觉得我是个有心的女孩，颇为照顾。那时，我跑的基本路线在陕西到山西的地盘，可能是觉得这两个地方毕竟熟悉，心里踏实吧。当然，如果运费高了，我也会去跑外地。

我雇用两个司机，他们轮流在驾驶室卧铺休息，终年不停车。半挂车在榆林出货大都是煤炭，回货比较杂乱，饮料、地板、石子等都有。我快到榆林时，就提前给门房大爷打个电话，他就给我留一个排号，我的车只要进矿，立即就可装煤。大多数货车都是按班就绪排队等候，他们跑两趟，我就可以跑三趟，时间就是金钱，多跑的那一趟就是多挣的钱。请别看不起一个装煤的铲车司机，他若存心整你，你绝对很惨，凭借多年的经验，他们完全可以把握多少铲煤刚好是你的半挂车载重。如果与他们相处得好，你在出矿过地磅时肯定是装得吨数恰好，养过大车的人都知道，装多了超载，路上有罚款，装少了，自然就少挣了运费。所以铲车司机多装少装，使得你不断过地磅，耽搁一两个小时不在话下。

另外，铲车司机在为大车装好煤炭时，只要高举铲子在大车顶儿部一抹，煤炭就被摊平，你可以轻松覆盖篷布。对方若是反感你，恶意给你的货车顶儿部装成连绵的小山，那你拿着铁锹爬上车顶儿，慢慢一点儿一点儿去修平吧！再说到了卸货的地方，若是不凑巧赶到半夜，装卸工都睡了，如果你等一个晚上，浪费的时间就是少挣的钱，遇到这种情况，我会给装卸工发一瓶水或一盒烟，好话央求他们连夜帮忙卸货。

谁能想象一个正值青春年华，尚不到二十岁的女孩，每天被扑得黑不溜秋的，一旦不走高速，路上嘴唇干得绷出血丝，都不敢多喝一口水，因为担忧尿急找不到厕所，尤其遇上堵车，司机们都是跳下车背着身子就小便，而我只得躺在卧铺里装睡。我从不停车休息，包括过年，因为过年的运费相对更高！

跟着大车东颠西奔了一年后，爸爸说女孩子还是多读点儿书为好。于是，我去了一所还算满意的大学，将货车完全托付给司机们。自己虽然待在学校，但由于大车跑的路线相对固定，所以加多少钱的油，可以跑多少公里路程，需要交多少过路费，我都了如指掌，只需核对账目即可。校园生活并不影响打理生意，闲暇之余，我还会去一些水泥厂或石料场溜达，混得熟了，就介绍其他大车去厂子配货，老板就给我一定比例的抽成。最后，我发展到同时养三辆半挂车。

大学里随处可见出双入对的恋人，我把别人谈恋爱的时间都放在挣钱上。我很认真地学习每一门功课，抽时间也常去大教室听其他专业的教程，周末几乎是在图书馆里度过。那个时候，我极少说话，能用一个字表达的意思绝不说两个字，更是从不露个笑脸。时有男生约我，我向来是冷冷地斜一眼就走人。大家都议论我是人如其名，私底下便偷偷叫我“女鬼”。

那些日子我过得很充实，每期的校园报都有我的文字刊登，引得好多男生都求我代笔给喜欢的女孩写情书。我不知不觉中暗恋上一位老师，也许是个人经历的缘由，我向来对同龄人不来电，总是对大自己好多的中年男子产生好感，那种情结使我备受煎熬。一个周末，我去了一座寺庙，在神像前起誓：“我若再对那个老师萌动念头，就不得好死。”这一招果真很灵，实则也是心理作祟罢了，我常掐断退路，只能被迫选择前行。

2009年，我家的事情再度激化，爸爸被关进了看守所，我像只无头苍蝇乱撞。那是我人生最无助的日子。大家肯定奇怪，我的其他家人去哪儿了？大哥、二哥都已成家，爸爸拒绝他们参与，以免连累我几个尚未成年的侄子；在读大学的三哥极力坚持要回家挑起大梁，我劝说他一定要咬牙学习，这场风波需要一个有知识的人指挥大局；妈妈早已一病不起，我必须负责照顾妈妈，还得拼命去救爸爸。

我四处寻求法律援助，然而我找过的律师都不接手。绝望之余，我只得在网上搜索类似案件以供参考，学习大量相关的法律知识。我记得开庭那天，法院把看守所一间会议室临时定为法庭，我目睹爸爸穿着黄色马甲，戴着手铐脚镣，被两个狱警押出来。我与爸爸站在隔音玻璃的两头儿，彼此举着电话却都没有言语，只是静静地注视着对方，眼神里传达着一种叫作“坚强”的东西。

庭会上，对方请了四个律师，加上院长、审判长、检察院人员、笔录员共十多人，我作为爸爸的法定代表人，只身出庭却将对方辩得哑口无言。庭会散后，爸爸被狱警押着从后门走出，我以最快的速度从前门绕过去，爸爸已临近被关押的大门，我声嘶力竭地喊出一声“爸爸”，膝盖重重地跪到地上。爸爸回头望着我，定住了脚步，我悲痛欲绝地吼出一句：“爸，我一定要让你光明正大地从这个大门走出来！”爸爸被狱警拽进大门，三重电门缓缓地从两侧往中间移动，随着“砰砰砰”三声，最外面的一重大门正中央呈现出一个圆圈，里面是一个醒目的“禁”字在大门闭合的边沿处各占一半，拼在一起的“禁”字好生刺眼。

在这期间，我无力经营生意，卖掉了大车。记得我卖车时，几个司机都说：“以后若再养车，一定要打电话，我们还会给你效力。”

那时候，太原市民纷纷传出消息称当晚会地震，所以人们都彻夜挤在广场等空旷的地方。时间正逢过年，看到这则消息，犹如晴天霹雳，我们当时都在榆林，我与三哥互换眼神，隐瞒着妈妈，站在阳台上望着星空，眼泪止不住地往下淌。那一夜我们兄妹站在黑暗的窗前，祈福太原平安，因为毕竟有那么多无辜的生命。那一夜，我做了最坏的打算，心想人们此刻一定都去逃命了，有谁会记得监狱里的人，监狱里的爸爸。

天空逐渐亮起，妈妈早早起床煮好饺子，我笨拙地夹起一个饺子，转过身去，泪水成串儿地掉进碗里，我的眼泪不是悲伤的，而是感激，感激昨晚的太原没有地震，我的爸爸还活着，至少我还有机会去救他，后来官方出面证实地震是谣言。

我与三哥开始争分夺秒、想方设法去救爸爸，生怕下一秒，再发生什么天灾人祸。再次探亲，爸爸面黄肌瘦，体力不支，但爸爸是一条铁铮铮的汉子，他说自己一定能支撑到走出监狱。

我们将希望全部寄托在媒体上，最后也终因媒体的关注，爸爸才得以走出监狱。

爸爸光明磊落地回家了，胜利的消息如同长了翅膀，一时传得沸沸扬扬。事情解决的当天，我真不知该如何表达那种欣喜若狂的心情，只觉得太阳是那么艳，天空是那么蓝，连同空气都带着芳香，整个人都飘飘欲仙了！

我们全家小聚数天，三哥说："我们以后不靠体力挣那辛苦钱了，要学会靠脑力盈利。"于是，我跟着三哥上了北上的列车，望着窗外倒退的一景一物，我带着理想，斜倚着三哥的肩膀就睡着了。记不清做了什么梦，我打了个颤跟着醒来，三哥搂紧我，说："不要怕，这一次，我们去北京是创业。放心，我喝稀的，也要让你吃稠的。"

我们在北京一家娱评公司打工一年，考虑到外地人在北京极难落户，成家后孩子的上学问题，还有父母在老家，我们便毅然回了榆林。凭借一年时间学到的业务经验，我们很快注册了自己的公司，并将其一步步扩大，当然，我们想要的不止这些。

人只有经历了大起大落，才能激发骨子里的斗志，才能懂得珍惜拥有，我们不断给自己抬高目标，谨慎地完成每一个计划。如今的我家更胜当年，因为曾经只是爸爸一人辉煌，现在我们几个子女虽算不得成功人士，但至少都是励志青年。

我曾是天使，也很爱说笑，但多年的经历让我学会了掩藏心思。在学校时，恐怕师生没一人能察觉出我眼神里的忧郁与惶恐。回想往事，我都被自己一路走来的坚强深深触动。

2.笑观马戏团

曼哈顿小区占尽天时地利，又取了个洋气的名字，理所当然地被誉为榆林市最牛的小区。阳光温和地洒在地面上，大门口卖鲜奶、水果、手抓饼的各种小型车子排成一行，时有三三两两的人群急匆匆地进进出出。

我开车并排停在一辆自行车旁边，降下车窗要了一串儿糖葫芦，问多少钱，卖糖葫芦的妇女正忙着给几个小孩找零钱，瞟了我一眼，说："10块钱。"我递过钱，将车挪到马路边的停车位，放点儿音乐，嚼着糖葫芦，琢磨该如何度过这忙里偷闲的一天。一串儿糖葫芦很快下肚，感觉才勾起了胃口，于是，我下车走过去又买了一串儿，那女人接过我手里的20元钱，随即递过来16元。

“你多找钱了！”我笑着提醒。

女人看了看手里的钱，一脸茫然：“没错呀，一串儿糖葫芦4块，收你20块，找16块，对啊！”

“一串儿糖葫芦4块钱？那我在几分钟前买了一串儿怎么是10块钱？”我不解地问。

“几分钟前？你是在这儿买的吗？我咋就对你没印象呢？”女人吃惊地瞪大眼。

“就在这儿买的，几分钟前我开车过来买了一串儿，感觉味道不错，所以才买第二串儿。”我说着指了指路边我的车子。

“噢！”女人好像想起什么事，尖叫一声，补充道：“开那么好的车，我一串儿糖葫芦当然要卖你10块钱。”

老天，这是什么逻辑，真让人哭笑不得，我定了定，转身回到车里。

手机收到一条来自昵称桃源梦的信息：“今天还忙吗？有空见面吗？”

这个桃源梦是一个素未谋面的网友，我们都以找对象为目的，自我介绍过一些详情。他说自己在市委就职，本着就近原则在曼哈顿买了房子，平时爱好飙车，各种性能的车子玩儿起来都得心应手。他曾多次邀约见面，我因一直在忙，以致拖延至今，仍未得见。

“我正在你们小区门口，你现在出来。”我回复道。

也就十分钟时间，一个穿着西装革履的小伙儿从小区侧门出来，我清楚地听见卖糖葫芦的女人喊了一声：“你去哪儿？”小伙儿斜了一眼女人没有理会，径自朝我的车子走过来。我在短短几秒钟梳理了一下自己的推断：小伙儿应该经常买女人的糖葫芦，一来二去，二人便熟识了，只是刚才这一幕，是女人太热情？还是小伙儿本冷漠？

“你好，我是崔成东。”小伙儿已到我车侧，笑着打招呼，“我的卡宴被借走迎亲去了，奔驰又肇事了，今天就坐一回美女的车。”

不知几时起，“美女”就像“亲”一样，只是个代称，不管什么长相，只要是女性，都被这么叫，搞得有种被安慰或讥讽的错觉。我按开门锁，示意他上车。

“你这车座位好高，我的头都触到车顶儿了。”崔成东上车的第一句话，就差点儿把我噎死，一个开卡宴、奔驰的人，怎么会不知道座椅一侧都有前后移动、上下升降的自动调节按钮？居然能搞出这种笑话？

“你把座位降低，脑袋就触不到车顶儿了！”我只是淡然一说，崔成东却一脸尴尬。他慌乱地四下寻找按钮，半天仍摸不着门道，便故作一副淡定的模样，斜倚着身子，右手依然偷偷在座位边沿摸索着，数秒后，靠背突然向后下降，他显然被吓得不轻，右手一扬，重重地甩在车门上。他的手离开了按钮，靠背自然也定住了。

沉默片刻，崔成东又不安地问："这车座位滚烫，烧得人浑身冒汗。"我没有言语，悄然关掉副驾的座椅加热。

"你喜欢吃什么，我请你吃饭！"崔成东缓过神来，赶忙问。三岁看老相，了解一个人，几分钟就能够判断个八九不离十，但难得我今天悠闲，兴致又不错，权当是捡了张门票看场表演。平时见惯了有钱人哭穷，今日目睹一下打肿脸充胖子，也算完美。说不定哪天我的文字里正好需要这样一个反面教材呢！

"刚吃过饭，随便转一会儿吧！"我启动车子。

"咦！你的电视怎么装在这个位置？"崔成东指着内后视镜问。我轻吐一口气，实在懒得解释那是行车记录仪。

在南郊一个十字路口，车辆排成很长的队，这是两车道，这样的路况一般是，右边可以右转或直行，左边可以左转或直行，且交通指示灯会一致变色，但这个路口的左转与直行是分开变色的，真的想不通这是何人安装的！为了不影响右转车辆随时通行，我直行时习惯行驶在左车道。直行灯绿了，前面的车子却纹丝不动，我只得耐心等待。

“是谁占着茅坑不拉屎，绿灯亮了，还不走，我下去收拾这龟孙子。”崔成东像是英雄找到了用武之地，摩拳擦掌地叫唤着。

“人家应该是要左转吧！”我说。

“左转也不能妨碍直行！”崔成东说着已跳下去，径直走到前车左侧，用食指关节敲着车窗，大叫：“咋回事儿，没看见挡住我们直行吗？”

“想找死了吧，老子要左转，不行吗？”司机探出脑袋就骂。崔成东灰头土脸地溜回车里，不屑地嘀咕：“都怪我今天没穿制服，否则他大气都不敢喘！”

我停车去门市买了包儿抽纸，崔成东跟在身后。迎面一男人低头撵着一个瓶盖儿边踢边走，“啪”的一声，瓶盖儿正好飞到崔成东鞋面儿上。

“对不起！”男人淡淡地说了一句。

“你不长眼啊，这是瓶盖儿，如果是铁块儿，又正好砸中脑袋咋办？”崔成东怒气冲天地叫嚷。

“都和你说过对不起了，还想咋样？脑袋砸开窟窿再另当别论！”男人蛮横地抡着胳膊。我按开遥控，崔成东比我还先一步上了车，懊恼地嘟哝：“都怪我今天没穿制服，否则他大气都不敢喘！”

我开车进入沙河公园停车场，保安走过来，敬个礼，道：“你好，停车费两元！”

“我在市委上班，你们领导都敬我几分，还要什么停车费！”崔成东向后捋了一下额前的头发，那气势丝毫不输刚上任的村官。

“哼！我上了两年班，还真没见过我们领导的面孔呢，有本事你就叫来，正好让我一睹风采！”保安那嘴巴也不是盖的。我递出两元钱，挡杆升起，开车进了停车场。崔成东愤怒地沉吟：“都怪我今天没穿制服，否则他大气都不敢喘！”

我将崔成东送回曼哈顿门口，他一下车就像一阵风似的刮进了小区。卖糖葫芦的女人三步并作两步，小跑迎上来，满脸堆笑地说：“你是与崔成东搞对象吗？我是他妈妈，以后想吃糖葫芦随便拿，不要钱的！我们崔成东就在这个小区当保安，人缘可好啦！他爸在市委烧锅炉有十几年了，与每届领导都混得很熟，说不准以后还能帮到你什么忙呢！”

我下意识地嘴角微微一抿，似笑非笑，朋友说我的笑容向来是一闪即逝，感觉很冷酷，害得我总是好奇这是怎样一种表情，但每次照镜子时却把这事儿忘得无影无踪。

我路过市委门口，正巧碰见一个朋友。“你们单位烧锅炉的老头儿姓崔？”我问。

“你是说老崔呀，那老头儿能笑死人，他最喜欢向职员索取退下来的旧制服，经常穿出去打着市委的名号吆五喝六，倒也有把别人唬住的时候！对了，你怎么认得这个人？”朋友说得来劲儿忽又反问了一句。

“不是一家人，不进一家门！”我由衷地一笑，感觉何止是看猴子耍把戏，分明是观赏了一场马戏团的表演啊！

3.鄂尔多斯的榆林人（上）

午睡正香时分，李平来电催促我马上到小区门口，我从下床到上车共计时间十分钟。

我只觉得浑身冒汗，坐姿还未调好，李平就一脸严肃地说："回去换一身正式点儿的衣服，我带你去见一个非常重要的人。"

"好，我可以回去换衣服，但是，换好就不出来了！"休息被人生生吵醒，顶着火辣辣的太阳，神速赴约，居然看到的是一张臭脸，还提出个附加要求，我的怒火噌地比这燥热的气温至少翻一倍，话落顺手去开车门。李平啪地按下中控，忙切换到笑脸频道，"好好，不换，你高兴就好！"

车子驶出数百米，李平委屈地来一句：“让你换衣服是一番好意，你咋就不懂我的用心！”

“我又不靠脸蛋儿吃饭，你若觉得这副打扮上不得台面儿，请掉头！”我压低声音，但语气明显加重。

“我认怂了还不行，如今社会就流行男人怕老婆。”李平掏出一支烟叼在嘴上，注意到我略带斜视且充满杀气的眼神时，急忙灰不溜秋地缩回正在摸索打火机的手，将嘴里的烟横放在鼻孔下方，上唇向上鼓起，香烟便被乖乖地固定了。我打量着这个男人，本来就丑得很有特点，耍起可爱来，更是丑得极具代表性。

车子已驶上高速，我想问去哪儿，又不想主动说话，便低头去看自己：一条淡灰色裤子，一件白色上衣，纯棉布料，宽松板型，由于穿着舒适，也就成了我的居家服。我是一个很随性的人，只要衣服没有污点儿，没有破损，即可出门，不会因为做某件事、见某个人而刻意装扮，向来素颜朝天。

“我给你表演一段模仿秀吧！”李平打破沉寂。我侧头去看李平，他的眼神与我交错的刹那，嘴唇微微一抿，一丝笑意浮出面颊，随即慌乱地避开我的目光，假惺惺地正视着前方。这个男人在电话里，纯粹是不要脸到家了，一旦与我对视，却总不经意间流露出几分羞涩，恰是这种无意而微妙的表情最能触动心弦，这个笨蛋或许并不知我好爱那一瞬的他。

我最擅长冷战，加之天生一张严肃的脸，极少被人逗笑。我平静地看着李平，见他轻咳两声，偷瞄我一眼，越发显得不自然起来，随即伸手取下内视镜上挂着的墨镜罩在脸上，表情逐渐恢复到一本正经。人的眼睛是一切条件反射的源泉，遮眼能够非常有效地起到放松神经的作用。

“小马同学，请竖起耳朵，认真听李平同志所讲的笑话。”李平声调抑扬顿挫，话语柔软绵长，加上暧昧的动作，整个人入戏太深，一副欲罢不能的状态。我强忍不笑，最后笑声几乎是喷出去的，我拍打着心口，有种被噎住的感觉。

“从上高速我就一直在思谋如何把你逗乐，终于光荣完成任务。保持这份心情，出来就开开心心的，后面的那辆车是咱们一起的，开车的是艾老师，副驾是王老师。王老师本是艾老师的学生，由于我们的艾老师敬职敬业，尤其对王老师更是青睐有加，由课本到床技，那叫一个毫无保留地传授，现在俩人爱得死去活来。”李平说话间点燃一支烟，摘掉墨镜，一脸轻松。

我从后视镜里看到，果然有一辆灰色轿车不远不近地跟着。我与艾老师曾在李平公司有过一面之缘，当时我只是起身一笑，算是打过招呼，全程再无交流，我在一旁看书，二人在谈一些生意上的事情。艾老师走后，李平才说那是他的初中老师，关系甚好。对于王老师虽未谋面，但早有耳闻，当然一切我都是从李平口中得知。传言王老师比西施、貂蝉还美一筹，号称“亚洲第一美女”，李平表示这是艾老师的原话，他只是照旧搬来。享有如此赞誉的佳人，怎不叫人倾慕，下文再提到王老师，一律以“王美人”代替。

我们一路说笑，也没留意艾老师几时不再跟着车，李平给艾老师打通电话时，先是一阵失笑，然后抱怨为何不给他打电话，再说一句“在成陵服务区碰面”就挂了。原来是艾老师在陕蒙界收费站处解小手被处罚，因而与我们拉开了距离。我们在成陵服务区等候约半小时，艾老师的车子才赶来并排停好。“艾老师解小手扣6分，罚200元，一般人养活不起！”李平俨乎其然地说着，并竖起大拇指。“罚款是小事，关键是吓坏了，一泡尿被强制隔断，一半洒在陕蒙界，一半留给成陵。”艾老师伴随着话音已走向洗手间。我对这师生的对话先是震惊，再是笑崩，以致错过一览王美人的机遇。

临近收费站出口，“康巴什”三个字在阳光下显得格外耀眼，似乎有意撩拨我期待已久的心。据说康巴什花费5年时间建成，耗资50亿，面积达30平方公里，繁华程度超越大城市，眼下将要一睹为快，那种情绪岂是一个兴奋能够表达。

李平将车速掌控得相当缓慢，我贪婪的目光横冲直撞。天空湛蓝，白云似棉，所有建筑均为中低层，外观颜色大致浅淡，显得尤为简约大气，完全不同于其他城市高楼大厦的风貌；街道宽阔超乎高速，两侧的绿化带成阶梯形，先是草，再是花儿，最后是树，逐层抬高，色彩相间，整个路面干净得连一片落叶都找不到，估计赤脚行走一圈，再踩到白纸上，也难以留下脚印儿；随处可见喷泉四溅，不时有微风拂面，清凉中夹带着芳香，头顶儿一架观光机呼啸着掠过。

来到康巴什，才对“应接不暇”这个词深有领悟，不得不大赞建筑师浮夸的想象，大胆的设计，所有的创意在这里应有尽有。每一处建筑都风格迥异，颇为新颖，有两栋半圆形的大楼矗立在一个十字路口的马路两侧，远观仿佛是一对儿即将闭合的城门，走近时，眼睛产生的错觉让两栋楼向两旁推移；有栋楼倾斜地站在那儿，竖直的线条就像被拉开的手风琴，似乎期盼哪位大师来轻抚演奏一曲儿；有栋楼感觉就是几种几何图形错落有致地堆放在一起，图形的边儿是框架，面儿是淡湖色的玻璃，别致的外观徒增几分韵味；还有一处建筑如同一个不规则的扁圆大蛋，安静地搁在那儿，表面是宽度相等的横条纹，经过阳光的反射，光滑而璀璨；大剧院酷似庞大的烟筒，底端是交错的菱形，中间一排是有序的长方形，顶端是锯齿形，镂空的地方都有玻璃镶嵌；体育馆看上去就是三个编织的大碗，相隔一定间距倒立一根淡黄色的长方竹棍儿，横条为白色透明体穿插在竹棍儿里。

我还沉浸在欣赏康巴什的独特设计里，艾老师说要去伊旗见个同学。我们走进伊旗的一个酒店大厅，一老一少的两个男人绅士一般地迎上前来。我的目光完全落在了老者身上：高瘦的个头，简朴的衣着，右手拄着一根拐杖，脸上架着一副金边圆片的眼镜。没有笑容，却堆满慈爱，尚未开口，却自带威严。

“全国大学生运动会这几天正在康巴什举行，使得各大酒店爆满，我们好不容易才弄到两个房间。”年轻人笑着说。

“你们先上楼休息片刻，一会儿我们去吃饭。”老者说着指向电梯。我至今不知这二人如何称呼，只明白他们是代表艾老师的一位同学前来接待，后来在闲聊中得知二者是榆林米脂县龙镇人，为了便于叙述，下文用“龙爷”“龙少”分别代替一老一少。

我拿起一本杂志，坐在房间的椅子上翻看。李平拿着手机凑过来说：“一会儿就带你见这个人！”

我看了一眼手机屏幕上的照片，惊呼道：“这个人好面熟，在哪儿见过？”

“不可能吧，这就是我对你经常提起的榆林传奇人物冯海军，你应该没见过他！”李平每次提到这个名字就满脸崇拜，以致勾起我强烈的好奇心，一直想拜见这位大神。我激动地从座椅上站起，将杂志丢到床上的瞬间，我的目光落在了杂志封面上，同时伴随着尖叫：“我就在上一秒钟，就在这里见过他！”李平顺着我手指的方向，抓起杂志端详着，嘴里叨咕：“二哥（冯海军在家排行老二，所以被身边人称为二哥）也太牛了，酒店的杂志封面都是他！”

我们驾车跟在龙爷车后，前往饭店。人在不同的情绪下，看到同一场景，大脑皮层折射出的信号是截然不同的，正如我前一小时初入康巴什，处于热血来潮的心动，满眼都是楼层、花草、喷泉，休息半小时，思绪逐渐平缓，再看康巴什却莫名徒增几分凄凉。好多建筑孤零零地矗立着，吊塔还未撤退却已停工搁置，四五车道的路面上稀稀落落有几个车子疾驰而过，过往的行人绝对没有马路上的车子多。坊间流传康巴什是一座“鬼城”，看来并非空穴来风。

我们被带进饭店，龙少招呼端茶上酒，龙爷负责点菜。冯海军进入包间的一刻，众人不约而同地起身让开道，招呼其在主客位置落座，随同来的一女士在其旁边落座，这一举动事先并非有人刻意安排，是自发的本能反应。冯海军本人比杂志封面照片儿更年轻，加之说笑间自带肢体动作，更显活力焕发，男人的魅力在他身上展现得淋漓尽致。李平一声“二嫂”，我下意识地去打量随同的女士，尽管她相貌平平，却绝对是一道不容忽视的风景，举手投足间尽显一个女性的优雅气质。大家相互寒暄一番，就开始吃菜敬酒，我是醉翁之意不在吃，而在看，或许是爱好写作的本性，习惯去察言观色识人心。

我从头到尾几乎一言不发，但由衷地感激龙爷的款待，整桌饭菜既有“汉”的口感，又不失“蒙”的特色，对于一帮汉人吃蒙饭，真是考虑得无微不至。龙爷和龙少待人接物的风范更加剧了我未能见到艾老师同学本尊的遗憾，因为精兵良将背后必有明君，直觉判断，我错过了一睹一个人生赢家的机会。为了让我们观赏康巴什的夜景，大家放快吃饭速度，匆匆散场。

道别龙爷和龙少，我们驱车赶赴音乐喷泉，康巴什的夜晚再一次证实了“鬼城”一说，我指的是“鬼”的特性：白天行人寥寥无几，夜晚却人山人海。

我们停好车子，漫步在广场。冯海军与二嫂走在前面，这二人纯属彼此赏识爱惜。当年冯海军只是个搬运工，二嫂慧眼识珠将其挖掘出来，尤为器重。冯海军事业平步青云，自然是滴水之恩涌泉相报。如今冯海军经济遭遇重创，二嫂依然不离不弃，默然相陪。此情此意，千古佳话。

艾老师与王美人走在最后，卿卿我我。我与李平夹在中间，相比前后两对儿大爱，渺小得可以忽略。李平尊我为老婆，视我作女儿，集宠爱与包容于一身，我却从未引领他在自己的生活圈露面，偶尔在朋友圈秀个恩爱，也只是发一张手牵手的照片，连同他的名字都是第一次在我的文字里出现。我是个出门可以不洗脸，但一定要带自尊的人，在感情上更是坚守原则，不到领证，绝不揭开锅盖。我小心收好情绪，悄然在李平手臂上弹了一下，他扭头一笑，紧紧抓住我的手。

广场上张灯结彩，欢声笑语四起，小吃香味扑鼻。河中心有艘巨船，正中央舞台灯火通明，歌舞升平，周围有客人一边吃喝，一边吆喝。身边不时有小孩驾着各种玩具车闪过，你追我赶，叫喊连天。李平吸完最后一口烟，将烟头儿直接弹到地上，冯海军见状俯身拾起烟头儿，笑着委婉夸赞本地居民与生俱来的环保意识。李平就像三好学生一不小心犯了错，虽未被人训斥，早已自责不已。这时我才注意到一望无边的广场上人头攒动，地面却不见一点儿纸屑，偶尔有三五个男人围着一个垃圾箱在抽烟，不时小心翼翼地将烟灰弹进顶部的铁盒里。见此情景，但凡有点儿素养的人都会做到：除了记忆，什么也不带走；除了脚印儿，什么也不留下。随着此起彼伏的叫喊声，我们移步融入喷泉边欢呼的人群，只见色彩斑斓的水柱一柱冲天，高达数十层楼，并在半空中交汇成各种图案，大家忙于举起手机抓拍各个镜头。

冯海军与二嫂连夜赶回鄂尔多斯去了，我们驾车穿过一座七彩吊桥，仿佛驰骋在缥缈的仙境中，害得我直想掉头重新路过，再路过，反复路过。已是夜深人静，我们依然意犹未尽地徘徊在街道上，两旁的路灯好似摇摇欲坠的水晶葫芦，呈塔形倒挂在电杆上，与正下方红黄相间的蝴蝶型彩灯交相辉映。

我偏爱康巴什各种空前的创新风格，更心痛其生不逢时的命运，刚刚出落得奢华大气，却遭遇突如其来的金融风暴，人们对这块风水宝地望而却步。

我只想说，康巴什挺住，你的寂寞是一时半刻的，你的魅力是举世无双的，你的独特设计注定你是引领潮流的先锋，经过时间洗礼，终究会是浴火重生的凤凰。

4.鄂尔多斯的榆林人（下）

次日一早，我们从康巴什出发，沿着快速车道直奔鄂尔多斯。

“看到这个标志就是进入鄂尔多斯了！”李平指了指前方。鲜花簇拥之中矗立着一座白塔，顶端是一个硕大的圆球，上面是一匹奔跑的骏马，尾巴向后上扬，两条腿迈开腾在空中，另两条腿站立在圆球上，直觉给人一种“立马滚蛋”的信号。

“把骏马踩着的圆球换成一只燕子为妙！马踏飞燕更能预兆鄂尔多斯发展之疾速！”我话落之时不禁自嘲狂妄，这是一个城市文化的标志，怎容我一个过客指手画脚。

“这是二哥新开的公司！”李平停车指着一栋楼层。

大家都在冯海军办公室喝茶，我独自起身徘徊在走廊里，对着门牌标明的字样及里面的陈设若有所思。冯海军果然是个领衔人物，在大多数人尚未听闻这个机构时，他亲手打造的公司已经上市。我根据墙上的服务指南在大脑里勾勒着办事程序，这时李平过来拉我去吃饭。

车子左转右拐，进入一个后院，再到一个雅间，众人相互谦让着。落座后，冯海军对在座的成员轮流作了介绍，二嫂是在吃饭中途才赶过来的。

冯海军是整桌人的一个衔接，这边是他儿时的老师、校友，那边是他当下的左膀右臂，他既要忙于活跃气氛，又得招呼众人吃喝，当然这对他是一件不费吹灰之力的小事。饭局上碰酒杯是拉近彼此距离的快捷通道，几番推杯换盏下来，一行人早已融为一体，为了一杯酒，时而较真，时而开玩笑。冯海军建议轮流敬酒，我实在抵挡不过大家的热情，眼看再不端酒已到“不识抬举”的地步，只好舍命陪君子。这桌人几乎都是60后，各个都是商界精英，我全程除了“谢谢”再无台词，只是潜意识地去注视每一位的举动，能够倾听这帮人尽情谈吐是一大享受，无论他们的肢体动作，还是言语措辞，都在幽默准确地传达着意愿。高手之间的交谈，潜移默化中就给人灌输了做人处世的方式。

饭后，冯海军带我们去了他的接待住所。众人都在闲聊，我去洗手间时发现冯海军独自在厨房里炖羊肉，本想进去看是否需要帮忙，但他的电话迟迟不挂，就在我犹豫之际，赶来一位年轻的小伙子，接替了厨房的活儿，冯海军抽身去陪大家聊天。

众人聊得正尽兴，一个小伙子招呼去吃饭。进了餐厅，桌上摆满水果、烤肉、凉菜，白酒啤酒兼备。大家畅所欲言，举杯共饮。中途又来了几个榆林老乡，冯海军与一帮年轻人有说有笑，毫无违和感。我得出酒桌上的一条结论：要么打死也不举杯，一旦端起，就再也没有回头路，不管是敬酒，还是被敬酒，宁可错过一片，也不落下一个，跳过谁都觉得不妥。事已至此，我能做的补救措施就是不断喝茶来缓冲酒精，然而酒杯却被一杯接一杯地满上。

娟子是个相当豪爽的女子，冯海军说来点歌声助兴，她当即起身唱歌邀酒，洒脱随性地扬手举杯，伴随着高亢不失柔情的嗓音，操着陕北特有的方言为大家献歌敬酒。鸽子姐更是性情中人，言谈举止间自带霸气，一颦一笑中颇显知性风韵，虽为60后，但线条轮廓证明这曾是一个大美女。强子目测是个腼腆男孩，不时帮众人添酒，只是极少言语，相貌算不得帅气，个性却很沉稳。我旁边的帅哥至今不知名字，不说话时自带狂野，开口搭讪才知是个贴心的大哥哥。

这桌人都来自榆林的各个乡镇，却比城里人更会玩儿。大家自发组织轮流表演一个自己擅长的节目，转到我时，真不知如何应对。

“先给大家作个自我介绍，再者你有什么特长随意发挥。”鸽子姐提议。众人都表示我自始至终一言不发，力挺我起身说几句。我酒劲儿来袭，眼前晕眩，丝毫不敢动弹，生怕不慎出丑，最后灵机一动冒出一句：“这样吧，我还是坐着说好了，因为站起来介绍是出于礼貌，坐着说话正是把自己当成家人。”掌声四起，众人大赞说一开口就知道是个文化人。

“我老家在榆林，之前一直生活在山西，目前经常在这两地走动。我本是滴酒不沾，但生活中总有一些事、一些人，会打破你的原则。如果真是这样，能够在鄂尔多斯这个异地，结识这么多榆林同乡，在此破例也是倍感荣幸。我回去在十天之内写一篇文章，记录此行的所见、所闻、所感，以示聊表诚意。”这是我两天以来，说得最长的一段话，也是除了“你好，谢谢”之外，在公众场合唯一的一段台词。掌声再次响起，大家表示非常期待快点儿看到文章，并纷纷要求添加我的微信。为了避免喧宾夺主，我笑着说散场后再加好友。

我一直在想，与大家只是一面之缘，为何丝毫不觉得陌生。突然顿悟，人在故土，每天听着乡音也就习惯成自然了。若在异地，偶然遇见个同乡，哪怕蹦出一句脏话，也觉得骂得好亲。正如我远道而来鄂尔多斯，耳边都是一连串儿的本地方言，岂有不亲切的道理！

一桌人已经略带几分醉意，艾老师不时起哄要我喝酒，我到实在不得已时只好抿上一小口，艾老师调侃李平平时功课做得不到位，以致我不服从口令。李平笑语：“哪敢调教，我不反过来被收拾，已是万幸。”艾老师大笑责问平日教你如何驾驭女人的绝招都去哪儿了，李平回复那些招式用在我身上只会适得其反。冯海军插话，知识需要活学活用，逗得大家开怀大笑。

不知是谁闹腾非要李平喝酒，我知李平因病不宜沾酒，正想如何解围，王美人一把端过李平的酒杯摆在自己面前，放言：“不能沾酒就不要勉强，我来代替他喝！”这一举动直接使我陷入思绪万千，我们从榆林出发到鄂尔多斯差不多两天时间，我与王美人一路最多也就三五句话。

我第一次直视她，是在康巴什酒店的电梯里，王美人高挑的身姿穿着一件黑色长裙，外披一件碎花儿开衫，手捏一只俏皮的黑色夹子，柳叶细眉，弯翘睫毛，浓黑大眼，高挺鼻梁，亮红嘴唇，精致的五官配上一张白皙发亮的脸蛋儿，绝对妩媚撩人。如果非要用一个字形容王美人与我，她是“艳”，我是“土”。物以类聚，人以群分，我们就不是一路人，加之我本性不喜与生人交流，因而王美人几次与我说话，我都以一笑带过，或是尽量用简洁的言语作答。眼前王美人自告奋勇替李平挡酒的一幕，深深地触动了我的神经，有时一个小小的动作，却能成功地收服一颗心，感激、惭愧、钦佩，所有的词语叠起来都不能完美阐述我那一瞬间的情感变化。

冯海军不知几时溜走，又几时坐回来，自称已经小睡一觉了。我虽不善言语，但内心甚是暖和，我目睹冯海军陪我们同看他已观赏过不知多少次的景区，目睹他电话推掉很多事情乐呵呵地与大家说笑，目睹他亲手在厨房为一锅炖羊肉认真地配料，目睹他拖着疲惫的身躯眼里却充满爱意地照料每个人。一个成功人士，为了招待客人消费点儿金钱无所谓，因为在他眼里最不值钱的就是钱；但一个成功人士，为了作陪朋友花费大量时间绝对是用心，因为在他眼里时间是无价的。

酒桌上大家兴致依旧，我悄声溜去隔壁的办公室，一边给手机充电，一边随意翻阅。冯海军与李平也随后进来坐在沙发上闲聊。我放下手机，小心地挪过去一把椅子，坐下来当个安静的听客。我生性还是较为好动，但只要有高人在场，就很乐意在一旁安分地捕捉他们背后的故事。

那一夜，因为喝了太多酒，我倒在床上再无翻身，一觉睡到天亮。李平和冯海军道过别，我们直接上了高速。

李平将车载音量放到震耳，我本对DJ毫无抵抗力，但那刻却莫名心烦，便随即关掉音乐。李平伸过手来停在半空，我将手搭上去，我们默契地十指相扣，对视一笑。李平就算一字不吐，我也能揣测十有八九，我料定他在生意上遇到棘手的事情了。既然他不愿多提，我又何必无趣。李平曾说，我是唯一一个从不过问他经济状况的女子。其实是因为，你问了，别人不一定说实话；别人说了实话，你也不一定相信。如此一来不如不问，相信自己的眼睛就好。我们就这样手牵手，看上去一路沉默，实则是心照不宣。

快下高速时，李平开口了："在我心里，你早已是我老婆，本不该对你有任何隐瞒，但我是男人，不该把负面的情绪传染给你，我的女人就要快快乐乐的。"

"女人头发长，见识只是稍短。女人有弊端，也有优势，尤其在生意场上，女人比男人更狠、更贪，关键时刻，女人自私的天性首先会采取自保，而男人仗义的本色往往被所谓的兄弟拖垮。"我第一次掏心掏肺地谈及男女的优劣。

"我一直想要找个温柔的女人，不料被你这只刺猬迷了心窍，但我深知你的绝情冷血恰能弥补我的优柔寡断，你就是我寻寻觅觅要找的人。"李平拉我的手放在嘴边一吻。

"你过去的安排我都不去刨根，但今后的部署至少给我一个通知，鸟为食亡，人为财死，因为你下一粒棋子可能会决定我未来的输赢。”我极其认真地说。

“想到咱俩的事情，我就满脑子压力，但只要你认可，我一定会把一切都处理好。”李平再次亲吻我的手背。

“我不会承诺一定与你结婚，但相处的每一天，我的态度肯定是认真的。不说这个了，换个愉快的话题。”说实话，我想结婚，但一提结婚，就莫名恐慌。

李平笑了笑，突然说：“昨天王美人出手救我，你不吃醋？”

“如果为这样的事情吃醋，那岂不是我的疙蛋（疙蛋指脑袋）有问题？”我很平静地反问。

“你知道你最大的优点是什么吗？你虽脾气坏得无人能敌，但你从不胡搅蛮缠，做事主次分明，粗中带细。你身上有我想要的所有东西，很完美。”李平习惯地抚摸着我的头发。

我有些犯困，微闭眼睛，面前浮现出去年一次吃饭的情形。一个同学的朋友提到榆林喜洋洋时任董事长高彩霞，便嘲讽道：“喜洋洋宣布破产了，意味着高彩霞事业跌入谷底。再看她的婚姻，经历两任丈夫，到头儿来是独守空房。”

话不投机半句多，我一向对不喜欢的人习惯保持沉默，但此人越说越来劲儿，而我对风云人物有种骨髓里的尊重，实在忍无可忍，便笑着回驳：“做人不该拿着别人的私事当作茶余饭后的话题，尤其婚姻这种事，只有当局者清楚，外人跑出来指手画脚纯属吃饱撑的；再说事业，一个辉煌的前辈，即便船烂了还有三千钉子，高彩霞从旮旯里扫点儿灰尘都够普通人奋斗一辈子，何况她的处世经验、人脉积累岂是常人能够比的！”

人犯错并不可怕，可怕的是犯了错还执迷不悟。此人变本加厉，先是贬损高彩霞如今人老珠黄，谁还看得上，再是启动炫富模式，给自己脸上贴金，自以为是年轻有为。

“小时候爱吃肉是因为家穷，过年才有肉，现在爱吃肉，是因为肉比蔬菜便宜还耐饱。实在抱歉，我看见肉食就没掌控好嘴巴，吃多了，先撤了。”我话毕笑着离去。我喜欢与高手较量，输了也心服口服，避免与自不量力的人抬杠，因为那无异于自损形象。

我之前也偶有听闻冯海军经济崩垮的传言，原本以为他或多或少会带有那么一丝颓废，事实上人家活蹦乱跳的，我不否认他在夜深人静时也会辗转难眠，轻舔伤痕，但他能够以阳光的一面示人，一如既往地传递正能量，凭这一点，就值得每个人敬重。

我是第一次接触冯海军本人，却发自肺腑地欣赏他。近几年榆林跑路的老板有多少，人家卷资一走，哪管被拖下水的人的死活，曾经扶持力挺他的人，非但得不到好报，还得帮其擦屁股，至少冯海军没有做逃兵，依然在积极另辟天地。他只是处于重整旗鼓的状态，东山再起指日可待。伟人都有三落三起，我们真不敢对任何人一锤定音，否则早晚会对曾经的狂言自愧。

若说鄂尔多斯成也康巴什，败也康巴什，那么冯海军就是成也鄂尔多斯，败也鄂尔多斯。金子始终是金子，即便断了，碎了，依然不影响其价值，所以我看好每一只跌倒的潜力股，坚信被誉为“中国迪拜”的鄂尔多斯会再次刷新纪录。

爱上一座城，往往是因为这里住着自己深爱的人。我对鄂尔多斯的留恋，完全源于邂逅了这一帮可亲可爱的榆林人。特此写文留念，不为赢得谁的掌声，只是聊表我的心声。

5.相亲

咖啡厅，我们面对面坐着。

“看你条件挺不错的！”男人先开口。

“初次见面,何以看出我条件不错？”我反问。

“直觉判断你很有家庭背景。”男人回答。

“你很看重这一点？”我追问。

“当然，这个可以决定让我少奋斗数年。”男人笑。

“我家的任何东西不会因我出嫁而跟着男方改变姓氏！”我也笑。

“看来你果真有背景！”男人又转回话题。

“非要说我有背景，那我的背景就是我自己。”我很平静。

男人无语，转移话题。

“你什么学历？”男人问。

“能分清卫生间与餐厅而已。”我答。

“素质与学历不一定成正比。”男人说。

“挺会拍马屁！”我心里说，但嘴上补充道：“也有很大关系。”

“美女，什么职业？”男人问。

“没有具体职业，只要不触犯法律，不违背道德，可以挣钱的事我就干。”我答。

“那收入一定不菲吧？”男人眼里闪着亮光。

“反正吃喝拉撒不用贷款。”我答。

“那你对择友有何条件？”男人问。

“我可以不回答这个问题吗？”我问。

“怎么了？”男人追问。

“因为我觉得你没必要知道。”我丢下这句话便离去。

本次相亲从我进门到离开共计8分钟。

6.生来不易

难得清闲的元旦假期，我躺在客厅沙发上看书，有人敲门，来者是三哥的同学。我本想转身回卧室，又觉得对刚进门的客人不礼貌，只得再坐回沙发去。

我是初见该同学，只听见三哥称呼他李默。李默留有一头披肩长发，没显出潮流风范，倒是平添几分不伦不类，一个男人，尤其在陕北榆林这个小城市，如此造型，甚是显眼。

二人闲聊一番，我明白李默是来向三哥讨一个挣钱门路，字里行间更是明确表示，就是想入手三哥的本行。三哥概括地讲解了做娱评行业必须具备的条件，还耐心详述业务的基本常识，李默便心急气躁地起身拍打着三哥的肩膀，说：“你说得我头都炸了，我现在特别心疼自己上学那会儿每天听着天书一般的课程，度日如年。有没有操作简单、快速挣钱的业务？”

“互联网不断更新换代，今天升级，明天改版，这个行业需要每天不断学习，才能不被淘汰，我只是给你介绍框架，若想入行，还是建议你留下来亲眼观摩我们做单的流程，因为操作过程经常出现各种异常状况，需要灵活应变。积累到一定的经验，才能高效完成每一单业务，只学点儿皮毛，就急于挣钱，一旦出现问题，完全会毁掉与客户的长期合作信誉。”三哥无论与何人交流，只要涉及工作，即刻就进入极其认真的状态。

“我的老同学，你不了解我的现状。结婚两年了，我一心想做一番事业，但出于找不到好的门路，一直闲在家，老婆每天哭闹说日子没法过了，所以我眼下必须立即挣钱养家，实在不是学习经验的时候。”李默诉苦，貌似很委屈。

“靠脑力挣钱的行业首先需要时间与精力去学习，在实践过程中不断琢磨，吸取经验。加之近几年，各行各业都不好做。既然你说当务之急是养家糊口，我倒想起一事，记得你的驾照是B本，你可以去开货车，现在半挂司机月薪七八千元，打工之中也算是高工资了。”三哥建议。

“我考驾照是为了自己开车方便，从没想过有一天要开货车，再说我好歹也是本科美术系毕业，跑去当司机还不得气死我爸妈！找不到合适的工作，宁愿闲着。”李默或许认定自己就是块艺术家的料，所以婚后两年闲在家，专业不对口的工作一律拒绝，只等被八抬大轿请去高就。

“如果继续闲在家，再过两年，你就算筹谋好一番大业，亲朋好友也都认定你志气消磨，不肯出力相助；你若是勤勤恳恳打工，哪怕挣来的钱赶不上开销，但明眼人觉得你还年轻，付出了，收获不会不来，只会迟来，仍会支持你。”我话已出口，又觉得有些浪费，转身回了卧室。

放眼整个社会，有几个人在干自己喜欢的工作？又有多少人职业能够专业对口？在学校，可以凭借个人喜好选择专业；步入社会，就该先解决衣食住行再谈理想。美术系的人开了货车，难不成艺术细胞就癌变了？先找份工作，维持眼下生活，遇到好的出路再转行，二者有冲突吗？我也曾跑过货车，做个货车司机就自降身价了？每天开着抽粪车转遍大街小巷，只要自食其力就是高尚的，至少没有站在街头伸出乞讨的手。

三哥的事业在短时间内直线飙升，使得不少朋友羡煞，我已经目睹好几个人来向三哥求教，但都是急功近利，你让其在电脑前学习软件操作，不到一小时，就出现看影视、打游戏的现象。一天下来，就嫌烦琐枯燥，自动打了退堂鼓。

三哥刚起步时，客户给的价格都不够成本，我问三哥为何还会接单，三哥说初次合作，客户对你没有信任，当然不愿出价钱，就算赔钱，哪怕免费，只有合作一次，客户才知道你有这个能力。同等价格，对方自然会选择完成高效的伙伴合作。如今业务壮大，但“辛苦”二字只有自己体会。部分客户经常出国，由于时差所致，对方白天发布内容，我们就得半夜起床及时维护，一边用热毛巾擦着眼睛，一边敲打着键盘。

说到这里，我想起前几日一位亲戚嘱托我去看望他的儿子。亲戚的儿子我也是初见，姓郭名威，24岁，来榆林找工作，目前暂住在一个远亲家里。

郭威一没文凭，二没特长，我只得陪他沿街串巷，遇到店面贴有招聘广告就进去试问，结果大多老板说压根儿就不招人。我说不招人就撕掉门口的招聘广告，大家都免了麻烦。唯有一位老板解释说，很多店面门口贴着招聘广告，是为了给顾客造成错觉，他们会误以为本店生意很好，尤其是打算转让的店面。我们溜达了一天，不是找不到合适的工作，而是连个提供工作的地方都没碰到。我莫名恐慌，之前只知道经济不景气，殊不知竟到了你肯出苦力，都难找一个让你卖力的场所的地步。

榆林对郭威而言，算得上是初来乍到。一个朝气蓬勃的小伙儿，在寒冷的陕北，只穿着一套西服，被冻得哆嗦成凹形。我无意间听到郭威在接电话时说：“实在不行，我就把驾驶证的分，卖掉先花着吧。”我不禁想起自己曾艰难地摸爬滚打的情形，便给了他一万块钱，说：“你白天出去慢慢找工作，回来时给亲戚家买些瓜菜，再给自己买身冬衣，其余作为生活费吧。”郭威喜滋滋地离去了。

第二天，郭威打电话让我快去救他，我赶过去才得知他前些日子分期买了一部苹果6plus，不能按时打款，老板要扣回手机。

“昨天不是给了你一万块钱吗？”我问。

“我都花光了。”郭威言语吞吞吐吐。

“一万块钱一天就花光了？”我不可置信地问。

“买了块手表就八千多。”我这才注意到郭威依然穿着那身西服，只是手腕上佩戴了块手表，整个人身板都挺直了。我回想郭威昨天接过那一万块钱时的笑容哪里是感动，那分明是窃喜。

“你花的是钱，消费的却是一个人对你的信任与期望。”我第一次觉得多说一个字都是奢侈，掉头离去。

我生气，绝不是见不得穷人过年，郭威当然可以佩戴八千元的手表，再贵也无妨。只是郭威眼下温饱问题都不能顾及，一块八千元的手表对他而言，纯属奢侈品，何况他出生穷乡僻壤，父母从黄土疙瘩里一分一分地攒钱。我考虑到他初到榆林，又是寄居人下，无钱寸步难行，即便向人求助，开口那是需要何等的勇气。我给他一万块钱，是希望他细水长流地花费，能够维持到找到一份工作。我虽年轻，但经历了荣华衰败，东山再起，败了钱财都可以从头再来，辜负了信任却难以挽回。

前不久，一朋友逗趣地说，如今不欠外债就是有钱人！此话虽然言之过重，却也击中目前现状。不管如何，就算手头儿拮据，但也别愧对心志。祝愿每一位我熟识的，或是陌生的亲们，给自己一分动力，莫忘初心，即便怀揣阴暗，也要坚持走向阳光普照。因为生活本就是生下来不易，活下去更难。

7.一路顺风

一早在太原，临出发前，我恰好碰到“娘家人”太保哥哥。太保哥哥其实是我的一个朋友，因与我同姓，便以“娘家人”身份自居。

闲聊时，我提到要去汾阳办理手续，想着得走一大堆程序就发愁得很，太保哥哥说他正好去那里办事，就结伴同行。我们从罗城上高速，临到汾阳出口时，太保哥哥一脚油门超过了我的车子，我很不解他一路一直跟在后面，眼看就要下高速，难不成还想飙车。

到收费口，我递出高速卡，正欲找钱，收费员说：“刚才前面那辆车连您的过路费一起付了，找您20元。”我瞬间明白太保哥哥与我抢道居然是……

进了市区，太保哥哥的一个当地朋友已经为我们预定了早餐，我推辞说着急办事，对方非要挽留吃饭，真乃盛情难却。我匆匆吃了几口，就想打招呼先走，却又来了太保哥哥一位朋友，我心想此刻离开容易引人误解，只好又耐住性子坐着。片刻后，那人递给太保哥哥两张纸，最后移到我面前，居然是……我的事情就这样被搞定了，原来一切都在太保哥哥的安排中。

到了吕梁正是中午时分，秦有龙在高速口早已等候。记得当年与秦有龙在工程上初识，还钩心斗角地过了一段日子，后来才慢慢发展为挚友。一见面，我说穿高跟鞋开车太累，问秦有龙哪里有卖运动鞋，秦有龙说跟他走就是。我们在一家安踏专卖店门口停车，我随意挑了一双试穿合适，就让店员打包好旧鞋，径自去收银台买单，店长说老板嘱咐了，这双鞋是送您的。老板？我彻底蒙了，直到被秦有龙拉出门才知道这家店是他经营的。

就在秦有龙招待吃完饭后，我准备上高速时，小胖打来电话千叮咛万嘱咐，务必要等他。小胖曾是我的一位大车司机，这次是专程从柳林快马加鞭赶过来的，他从车里跳下来，站在离我约有三四步距离处，双手藏在身后，一脸兴奋地问：“姐姐，你猜我给你带了什么好吃的？”我连猜几次都错了，小胖实在耐不住了，就双手举着一个袋子，打开口递到我面前，是核桃。

“听秦有龙说你要路过这里，天刚亮我就赶回老家去上山摘核桃，还好，终于送到你手里了。”小胖见我接核桃袋子时，盯着他的手在看，便傻乎乎地一笑：“这是剥核桃皮时，被汁水给染了，洗不干净的，过些天自己就褪掉了。”我打开袋子，里面还有一把核桃夹子，那一刹那，我领悟到什么叫暖心。

赶到佳县，天色渐黑，我与同学乔佳婉在农行门口碰面。她执意把我拉到饭店款待，吃饭时，我们谈起在学校的好多回忆，说到兴致高涨，就没心没肺地笑个前俯后仰，直到服务员催促说要打烊，才注意到有几个菜基本未动过。原因是菜点得太多，加之分量又大，归根结底是佳婉过于热情，恨不得让我把本地特色尝个遍。从饭店出来我要去酒店，佳婉非得拽着我去她家住。路过一家商店门口时，她要我稍等一下，我低头打量着这个县城的石板街道若有所思，她正好出来，手里拿着套牙具，说是给我用的。我都疏忽了忘带洗漱用品，幸而有她照顾得无微不至。当晚我们一直在聊天，也不知是几点钟入睡的，外面还黑乎乎的，我们估计是迷糊了一会儿就醒了，继续开说，似乎要把对方没参与的事情统统讲述一番。

我祖籍是陕西，出生于山西，注定与这两个省市有扯不断的关系，沿途还总有一群不离不弃的伙伴们接风，直到这次旅程结束。我已到家，一路被人保驾护航，内心暖暖的，真的是受宠若惊！

8.工地上那些人，那些事

这是一个工程项目，地洞式大棚第一期。

赵怀远在我们圈子里是能文善武、呼风唤雨的能人。有关部门刚发出地洞式大棚的项目公告，各路英雄便一窝蜂似的扑向这块肥肉。赵怀远立刻去投标，依仗多年积累的实力，最终中标。堂哥与赵怀远是发小，是从小学到高中一路奉陪到底的同学，彼此十分交好。赵怀远拿下项目，直接交给堂哥全权负责，自己忙着去打理其他事项。凭借与堂哥至亲的关系，“大树底下好乘凉”，我也就顺理成章地来到了工地。

在一片连绵的荒山上，临时搭建了数十间彩钢活动房，工程即刻启动了。工地生活相对乏味，放眼望去，80%是荒山野岭，

19%是男人与机械，剩余的1%便是人们之间的那点儿小故事。

最先来的是一支十多人的勘察队，将施工地段定于正南向西偏五度处。负责技术的经理是个三十岁出头儿的男子，看上去高、瘦、白，一副弱不禁风的样子，言谈举止中略显腼腆，我问他如何称呼时，他慌乱地回答："就叫我'小王'吧！"

"'小王八'？"我脱口而出。

"不是，我，我，我姓王！"他脸颊瞬间憋得通红。

"明白了，方才实在对不起！"我领悟是自己断句的失误，忙道歉。小王友善地一笑。

曾有个人喜欢叫我"大王"，我便赐名他"小王"，眼下再出现一个人让我去称呼其"小王"，岂是蔡少芬那句"臣妾做不到啊"能够表达?

纵然全天下的人都叫这个技术经理"小王"，我也绝不会亲口叫他"小王"。正好有个绘图的小伙儿跑来向我借一次性纸杯，我便趁势问他："你们经理叫什么？"

"我们内部人都叫他王经理，外人就叫他小王！"小伙儿说毕欲走。

"我问的是他的全名！"我的声音明显提高两个分贝。

小伙儿一愣，随即折回来，脸上挂着几分幸灾乐祸的表情，道："你算是问对人了，小王出生在我的邻村，他父母连生七个女儿，被村民恶语中伤是‘绝后’，后来好不容易才有了小王，他父母终于可以在村里扬眉吐气了，故给小王取名‘王日能’。他父母不识几个大字，只觉得这个名字很解气。小王上学后开始痛恶这个名字，但是名字一旦叫出去，就很难收回来，所以他在向陌生人介绍自己时习惯自称‘小王’。”

小伙儿说完转身走向门口，忽又回头撂下一句：“你可千万别叫他真名啊！否则他会第一个怀疑是我说出去的。”这才快步离去。

我与小王在工地上经常碰面，但我从未叫他“小王”，当然也没触犯他的尊姓大名，只是有事直接说事，距离较远时，我就高喊一声“喂”引起他注意后，再说正题。数天后，测量工作完毕。一行人庆功，不胜酒力的小王很快被众人灌趴下了，兴奋地打着手拍唱歌，不时还翻几个跟头，直到子夜时分，仍不肯消停。我推门而出，瞪着小王大喊：“王日能，你够了！”小王猛地哆嗦几下，仿佛附体的邪魔瞬间抽身而去，立即站正身子，对着我深鞠一躬，转身回了自己的房间。众人不解地问：“他为何怕你？”我笑笑离去，明白他哪里是怕我，他一定是被自己那牛哄哄的名字给吓醒了。

次日临行，小王平静地问我：“你为何不叫我小王？”我有些吃惊，因为按照逻辑，他应该问我是谁告诉了他的名字。我意识到自己的思维慢了一拍，睡了一晚，小王想必是知道同乡出卖了他，如此，他自然也就淡定了，反倒想弄清楚我死活不肯叫他小王的缘由。

“大街上之所以那么拥挤，是因为每个人心里都藏着一些秘密。就说我，心里住着一个叫‘小王’的恋人，在梦里，我无数次使出浑身的劲儿企图抓住抽身欲去的他，但每次都抓空，直到一次他说‘别拉我，我走了，才好腾出空间让别人来爱你！’所以我将这个故事整理成小说发布了，对读者是一种告诫，对我是一种释放。”我轻声诉说着，如同是在讲别人的故事那般淡然，“再说你，好歹也是受过高等教育的人，怎就不明白名字只是一个人的代称，能力才能标志着一个人的价值，当你不再为一个名字而纠结，不把它作为秘密时，那些调侃你的人自然就觉得无趣了！”

“太谢谢你了，之前我去过多次户籍室，申请换掉这个名字，却不料改一个名字是那么不易。原本还打算用这个工程挣的钱去托个关系，看能否把名字改一改，现在突然感觉名字无所谓，我现在不是过得很好吗！”王日能满脸绽放着自信的光彩。

“对啊，你是年轻有为的经理，更是让父母日能的资本，祝你生活越来越日能！”我们会心地大笑着挥手作别。

紧接着，阎上下带着一帮人，开着二十多台机器浩浩荡荡地进驻工地。阎上下的人生果然没有辜负他的名字，辉煌时被众人抬举是“爷”，败落后大家只知道他姓“阎”。曾经堪称

"财神爷"，走哪儿都是人见人爱，目前沦落成"阎王爷"，活人见了都绕道而行。

两年前的阎上下还开着A市第一辆宾利满大街招摇，此刻他驾着一辆夏利来了。话说阎上下因生意接连失利，讨债的人穷追不舍，他顺理成章地上了"老赖网"（老赖专指欠钱迟还或拒还的人，被起诉后曝光）。阎上下贷款在他小舅子名下买了几十台机器，然后他在幕后打理，小舅子就在工地照料。

他小舅子叫贾宏飞，满嘴脏话。已是夏末，但热气并未减退，我从工地下来，途经一片树林，顿觉凉爽。我驾车向一条小道深处驶去，没走多远，就被一辆轿车横拦住了去路。我按喇叭催促，看清那男人正是贾宏飞，便立即调转车头，准备离去。谁知贾宏飞愤怒地大叫："神经病，既然是掉头，又干吗按喇叭？"我降下车窗，没好气地说："我神经病不要紧，你还是小心别得病吧！"

"对不起，对不起，你开谁的车，我没认出来。"贾宏飞霎时满脸堆笑。

我驾车离去，心想若不是他姐夫阎上下与堂哥是朋友，我非将这坨狗屎铲走不可。又想到车子是项目部的，贾宏飞不是有意针对我，也便懒得理会，只是不禁想起铲车司机小罗的话，他说："凡是认识贾宏飞车子的洗车店，都不愿给他洗车，因为车太脏了。一次洗车工的吸尘器被卡在车座底下，费了好大劲儿，竟拽出一条长筒丝袜来。”我此刻更是理解洗车工碰到贾宏飞车子的苦衷了。

一切按照图纸施工，山底平坦地段将要被平整成并排的横条状，山腰缓坡将要被修理成梯田状，横面宽15米，长约100米，每一排高10米（平坦处用砖砌墙，山腰处以土方间隔），在此基础上留出3米作为路面，其余面积被挖低0.8米。各种机械进入了紧张的作业中，场地上始终弥漫着轰隆声，大家面对面都要大声喊话，距离稍远就靠肢体语言表达，接打电话根本听不清，只好打字交流。一个下午，突然刮起大风，天空尘土飞扬，有种妖怪要降临的感觉。我没有吃晚饭，因为临时帐篷不够严实，扑进锅里的尘土比炒菜的调料都多了，工地工人只得加班盖了一间大房子作为厨房。

掌厨的大姐叫田玉兰，虽不比花木兰、刘胡兰等一代女英雄，但绝对称得上女汉子。好大一锅菜，在她手里被轻巧地甩来甩去，好大一团面，三下五除二就被她擀成一张薄皮，前脚还见她与大伙聊天，上一趟厕所的工夫，她已吆喝开饭啦！

某天早饭，我正在一小块儿一小块儿地撕着吃一个馒头，田大姐凑过来唠叨：“昨晚收拾时，我把剩下的馒头安顿在锅里，锅盖明明是盖好的。今天早上，我炒菜时，发现锅盖开了个缝，一看，馒头上爬满了老鼠屎。只是马上到开饭时间了，我只得用笤帚扫掉馒头上的老鼠屎，赶紧热上，再说扔了也怪可惜！”我一愣，醒过神儿的第一反应就是吐掉嘴里的馒头渣，接下来就是干呕，继续干呕，没完没了地干呕。

“哎呀，对不起，对不起！”田大姐忙端来一杯水，“早知道就不告诉你了，那馒头我也吃了，大伙都吃了呀！”

“既然都吃了，你就不要再告诉我呀！”我已经吐到满眼泪花儿，话一出口，又感觉哪里不对劲儿，忙纠正道：“不不不，你必须在开饭之前告诉我，一定要告诉我！”

那天我没吃晚饭，第二天一早，就去县城买了几袋火锅料，很多菜，灶具等。我在自己的房里开了小灶，吃得津津有味。原本以为解决了问题，没有固定的吃饭时间，饿了就煮一些菜，挺方便的。但连吃两天，看着一锅菜，满屋子都弥漫着火锅味，哪怕走出门，衣服上也是那股熟悉的味儿，好生反胃。我不会做什么饭，只得去县城一个超市买来一堆方便面、米线、粉丝之类的，下锅时加点儿鸡蛋、火腿，吃起来还是挺满足的，只是又过几天，我感觉彻底没有食欲了！

十多天过去，我整个人都不好了，有时饿得都感觉前胸贴后背了，就跑去灶房找吃的，黄瓜、萝卜、西红柿，可以生吃的蔬菜一概不放过。一天，我嚼着一块面包，在一条小道上溜达，一只小狗蹦跶着跑来，不远不近地跟着我。我停下它就定住，我起步它也跟着动身，我掰了块面包丢过去，它一口叼住了，我一边走，一边丢面包，不知不觉中小狗跟到了工地。

小狗干瘦干瘦的，吃饱了也不跑，就躺在工地晒太阳，想必是一只流浪狗。我捉摸着小狗是半路跟来的，索性就给它取名“路路”。我让田大姐做饭够吃一顿就好，不要上顿饭为下顿饭打基础，想着热一热很方便，剩饭都给路路。田大姐照做，我又回归到了大锅饭。

大伙儿在休息时，不是逗路路玩儿，就是找田大姐聊天。我平日虽算不得板着脸，也基本没表情，因为都是一群爷们儿，太熟悉就难免会开玩笑，说到高兴的话茬儿，口无遮拦也是有的。这是我近几年上工地的总结：要想不被“苍蝇”叮，那就要做一个“无缝的蛋”。所以我在工地，除了工作，与大家基本是零交流。

又来一队工人，负责在最顶部做几个水窖。田大姐忙不过来，便让女儿凤丫头来工地帮忙。这个凤丫头可没有《红楼梦》里王熙凤那心机，她只是个15岁的小女孩儿。

一天晚饭后，一伙工人围坐成好几处玩扑克牌，有斗地主的，有打升级的，非常热闹。我去了趟项目部回来，大家收起牌局，把赢的钱交给田大姐，买了些啤酒与凉菜。我出去接个电话，路路朝我跑来，猛地栽个跟头，躺倒在地，就像睡着一般。我惊慌地抱起路路给田大姐看，她笑得前俯后仰，半天才说："刚才小罗一个劲儿用沾了酒的肉喂路路，一定是喝醉了！"我把路路放到房角的一块棉垫上，它很快发出了均匀的呼噜声。

天刚微亮，路路就用爪子吱吱地挠门。我开门，它蹿进来就一头扎进盆里，咕咚咕咚喝着地上的洗脚水，我撵都撵不走，原来狗狗喝大了，也会口干舌燥的。

又到发工资的时候啦！之前发工资都是直接汇款到工人账户的，但老板为了调度工人的积极性，就发现金啦。因为很多账户的持卡者是老婆，工资到账后，他们知道家里有了生活费，但感觉还是少点儿什么，那就是亲手数着汗水换来一沓红红的人民币的心情，挣钱是会让人上瘾的，数钱更能刺激神经！不信，你看看那群人，拿着工资数来数去，至少数三遍，我想他们在核对钱数时，更享受着那份喜悦的回报。

"小马果然是好领导，瞧这帮人各个像过春节似的，满脸喜气洋洋！"一个天籁般的声音飘来。我转身一看，庄文标，是我们上一个土方剥离工程的监理。

"接下来，我将负责这项地洞式大棚的监理事项，很高兴再次见面！"庄文标很绅士地伸出右手。

"欢迎庄监理，合作愉快！"我忙笑迎。

一队土工驻扎工地才两天，负责该工程的省级领导下达指令：因天气逐渐转凉，不利于水泥等凝固，所以必须加快进度，高效完成工程。为了响应上级指令，工地又同时搬来两队土工。灶房加派了张大爷、辛大叔、李大嫂等人。我们在山下的村里租赁了四十间房屋作为工人宿舍，上下班由几辆面包车接送。

十多天下来，几百号工人相互逐渐混熟了，各自的小爱好都不觉地冒了出来，比如杨成立习惯打一套猴拳作为热身运动；孙兵权没事便拨通10086人工服务台瞎扯；武秦峰喜欢给朋友圈发个工地的视频；高鹏飞挺直腰板张嘴就唱《五哥放羊》；最有趣的是施端木，他的梦想是做一名厨师，经常端着一盆泥土练习甩炒瓢，一不小心就撒自己一脸。

工地上，大家嘴里聊得热火朝天，手里也干得热火朝天。

灶房的张大爷除了做饭时间，就提着个大袋子满工地去捡饮料瓶。

“大爷，喝瓶水吧！”我将手里的清茶递过去。大爷忙将两手在衣襟处擦了擦，接过饮料，喜滋滋地说：“经常捡到这个牌子的饮料瓶，但是还不知道是什么味道，不过，还是留给我的小孙子喝吧！”

我愣了一下，疾步回到房间，拉出床底的纸箱，里面还有四瓶清茶，我拎着递给张大爷，说：“你一定要喝，好知道是什么味道，给孙子喝的里面还有呢！”

晚饭后，小罗举着一瓶清茶喝了一口，将手里的另一瓶递到我面前，“从张大爷那儿买的，五块钱两瓶！”

我以前回家总是给父母零花钱，让他们自己买些喜欢的东西。一次给外祖父母扫墓，我在墓碑上堆满了零食与水果。妈妈泪汪汪地说：“你外公们那个年代，根本没这些七花八样的食品，他们若能活到现在，该有多好！”后来我回家总是买很多好吃的东西，免得日后妈妈的遗憾再留给我。小罗的话让我不由得去想父母会不会也把我买的东西换成了钱，我突然又想起妈妈总是把零食里吃出的小卡片插到相框上，小饰品挂在门把上，不觉欣慰地笑了。

“在想什么呢？”小罗用手在我眼前晃了晃。“你去想办法让张大爷把这瓶饮料喝了，我就把车上的那串儿佛珠送给你！”小罗上次看见我的佛珠，眼睛都发光了，因为是庙里求来的财运，就没舍得给他。小罗很快完成了任务，自然也取走了佛珠。

一个晚上，我去倒水，听见一个工人说：“段总，借给我五百块吧，最后一次啦！”

“不行，你这个月已经把下个月的工资都借走了。”段总很决绝。

“不是刚发工资吗？”我走过去问。

“别提了，都是灶房的李大嫂，玩儿牌厉害，把好几个工人的钱都骗光了！你瞧这小子，天气这么冷，他都不舍得买件过冬衣服，钱给她倒是一点儿也不心疼，老婆没生活费了，跑来借钱，我都训过他几次了。”段总解释。

“明天，让你老婆带些厚衣服送到工地来！”我听得出这个工人是本地口音，断定他老婆跑一趟也不太费事，再补充一句：“让她来了见我，放心，不该说的话我保证只字不提。”

这是工程，不是赌场。次日一早，我通知接送工人的面包车司机，转告灶房的李大嫂不必来工地了。田大姐介绍她的二舅来灶房做事。

中午，段总领来一位大姐，说：“这就是昨晚那工人的老婆宋娜娜。”

我说：“你老公把工资打牌输掉了，你需要多少生活费，先从我这里拿。”

“借我一千吧，可以吗？”宋娜娜声音很小。

我拿出一千块递给宋娜娜，“你把自己的账户留给段总，以后你老公的工资就直接打卡。”

“谢谢，那我得走了，否则就赶不上回家的客车啦！”宋娜娜焦急地说。

“赶不上客车就明天再回去吧。”我笑着说。

“回家倒不着急，只是你们这儿一个房子住那么多工人，我也没个待的地方呀！”宋娜娜说话声音一直很低。

“晚上睡我这里！”我说。

“那太好了，正好我可以把我男人换下来的衣服给洗洗。”宋娜娜一高兴，声音也提高了。

“好的，去吧。”我摆手。

宋娜娜一会儿要洗衣粉，一会儿借衣架，看着她忙碌的背影，我被一种莫名的东西触动，决定给他们一个二人空间。我抓起车钥匙，说：“我晚上不回来了，你们两口子都在这里住吧！”

我在县城的一个洗车店，正好遇见庄文标监理，便一起去吃饭。我们相处一直很融洽，庄监理多次来工地视察，偶尔也提出建议，但从不刁难找茬儿。

“我正想找你说点儿事，明天开始拉钢材做棚架，后天动工垒砖墙。听说你有个砖厂，所以我与赵怀远、堂哥商量过了，肥水不流外人田，工程用砖就都去你那里拉，咋样？”我说。

“当然没问题，谢谢你们惦记着我！”庄文标一连说了好几遍感激的话。

我们约好到项目部签合同，分道扬镳。

工程又来了两大队人马，按照大棚设计，将钢材焊接成拱形的支架，匠工们贴着支架的侧围开始砌砖墙，钢架上覆盖了一层特制的保暖膜，然后从顶部垂下厚厚的棉被来，再在上面铺一层草帘，晚上就遮盖着，白天太阳出来，再用机器卷起来。

前期完成的大棚，蔬菜已经开花儿结果了，也有部分秧苗才露头，后期收工的大棚，研究员正带着一批菜农忙碌着整土、铺肥、种籽。工人们被分成几拨，在大棚附近搭建鸡场、猪场、羊场等，到时候粪便就是大棚蔬菜的现成肥料，周边还栽了大量花果树，很快就有一个小农场诞生了。

工程已进入收尾阶段，随着机械、工人接连撤退，工地徒增几分寂寞。我漫步在一条小路上，脚下的树叶发出叭叭的声响，想起刚到工地时，草木都是绿绿的，如今却光秃秃的。路路最近也冷落我了，我叫它，它只摇尾巴，却不跟过来，整天黏着一条小母狗追跑。

每天都有人来告别，当初工人一批批入住，我似乎并没有察觉到异样，现在离去时，倒很是不舍。人生乃是“故人离别，新人加入”的一个循环过程，有缘还可以重逢叙旧，无缘只能说一声再见。

2015年，我永生难忘的一年。以往所有的成绩加起来，都不及这些收获，无论是经验与钱财；之前的一切失败并在一起，都不及今年的伤痛，因为我弄丢了最爱的人。

9.交朋友是一项长线投资

本文在记事本里静静地躺了一月有余，写好这篇文章时，赶巧是新春佳节，鉴于内容有些沉重，希望大家过个欢乐年，故延迟发布。

提笔缘由：一位好友一命呜呼的消息令人唏嘘不已，事件是临近年关时发生的，好友叫崔恩泽，享年42岁，死因并非病魔缠身，也非意外事故，是赤裸裸地被债务逼得走投无路，悄然自行了断了生命。崔恩泽对我说的最后一句话是："我生平从未欠谁一分钱，却多半辈子都在还债！"

崔恩泽为人豪爽，善交朋友。一些所谓的"朋友们"遇事就会第一个去找崔恩泽，因为办事效率高且不说，连同办事开支都省下了。崔恩泽隔三岔五地自掏腰包为朋友们“擦屁股”，被誉为“国民大好人”。近几年经济状况，不必多言，众人皆知，而崔恩泽却执意为几个“兄弟”担保大额贷款，结果几个“兄弟”都玩儿起了“失联”或“跑路”，把还债的重任丢给他，追债人一波还未平息，一波又来侵袭，崔恩泽只得倾家荡产替“朋友、兄弟”填补窟窿，最终将性命也搭了进去。

欠债不还，或许情有可原；有钱拒还，真乃该遭天谴。闺蜜去年借给同学五万块钱，当她也急于用钱时，那同学一拖再拖，理由直白得那叫一个单纯：没钱！可是我们目睹那个同学自驾游玩，消费如水。人家住酒店，吃大餐，狂购物，总之做什么都不缺钱，只是还你的钱就没钱。

人穷不可怕，心穷却无敌。我朋友陈建强刚买了辆牧马人，就被他一个朋友李某借去参加同学聚会，结果途中撞倒一辆摩托车，造成二人重伤。李某一看闯了大祸，当即弃车逃之夭夭，伤者家属报案后，公安机关直接找到了陈建强。李某彻底蒸发了，陈建强只得承担一切责任，处理此事。息事宁人后数天，李某回来了，别说为自己闯下的车祸承担一分钱，就连给我朋友主动打个电话都没有做到。我朋友终于被激怒了，质问李某时，李某仅仅是嬉皮笑脸地说：“你有的是钱，破费那点儿钱如同拔一根毛，根本就感觉不到疼。”我朋友崩溃了，只恨自己瞎了眼。

一只老鼠坏了一锅汤的事情屡见不鲜，把一个小人留在身边就像怀揣一颗定时炸弹，时机成熟了，他就会害得你家破人亡。我们且把小人暂放一边，来说一说身边正能量的朋友吧。熟知我的人对赵怀远这个人并不陌生，他是我们圈内成功人士的标签。

赵怀远交友规则一：一个连父母都不孝敬的人，休想他会对你有多好！他补充说："在不违背道德，不触犯法律的前提下，可以把老婆宠上天，但必须让她明白一点，天外还有天，那就是父母。"由此可见，赵怀远把"孝顺"看得多重，凭借这一关卡，他的圈子真是孝子云集。

一次姑妈坐客车到太原，再转火车去北京，恰巧我在外地，便拜托赵怀远照顾姑妈，赵怀远早早守候在汽车站，接到姑妈的第一时间，先是问候是否要去洗手间，接着安排吃饭，再是钟点休息，最后买了站台票，亲自把姑妈送到座位上，并放下一兜食物，重点是有一个新买的保温杯里装好了热水，并嘱咐姑妈到北京记得报个平安，这才下车离去。姑妈后来经常提起此事，说赵怀远是她生平见过的最贴心的男人。

赵怀远交友规则二：一个没有时间观念的人难成大气候！他补充说："守时是对别人起码的尊重，约见时尽量把时间说得长一点儿，给自己足够的时间提前赶到。比如同一个预约，你若说一个小时到，在用了59分钟赴约时，人家自然很高兴；你若说10分钟到，却在第11分钟时出现，人家可能就有怨言。”

我陪同赵怀远几次去办事，他都是提前赶到地点，却不去惊扰对方，距离约定时间以秒倒数时，才走到门外，低头看手表，掐点轻叩门铃。在赵怀远的熏陶下，我极其厌恶不能准时赴约的人，尤其是再三说“马上到，等十分钟，再等一个十分钟肯定到……”三拖两拖，过了一个小时仍不见人影。堵车等红灯，忘拿东西回去找，等等，只要提前打个招呼，统统可以理解，但是你信誓旦旦地保证十分钟就到，结果耽误一个多小时，实在令人恼火。因为十分钟，我愿意提前恭候迎驾，但是早知道是一个小时，我就会利用这个时间去做另一件事情，你会说我在等待的过程中完全可以去做其他事情，那我告诉你，有些事情一旦铺开就不能暂停，我不想在你赶到地点时看到我不在而等我。

赵怀远交友规则三：千万别把鼠目寸光之人留在身边，否则只能拉低自己的身份。他补充说：“鼠目寸光之人听闻有个陌生人成为富豪，他只是羡慕；但身边有个熟识人颇有成就，他就嫉妒。为什么呢？因为他明白陌生人变成富豪，与他非亲非故，自然得不到好处；而熟识人取得成就，就该顾及情分，给分点儿甜头儿。若不能如愿以偿，就四处嚼你舌根，只恨所学之词都不够用来败坏你的名声。这种人容不得别人过得比自己好，不懂得向优秀人士学习交流，不明白给予的东西终有耗尽之时，学到的本事却是用之不竭。所以遇到这类人，甭管他是亲戚，或是同学，及时扫地出门。”

曾经我对一些小人总是碍于面子，不能做到快刀斩乱麻，以致偶然碰面难以推辞时，只得一起吃个饭什么的，与这类人消费，我自然是抢先买单，因为我深知：某些人的饭菜可不是白吃的！事后又懊恼不已，我不是心疼花钱，而是感觉敷衍一个没必要的人实在是奢侈。近几年，我断了与不少人的交往，人生苦短，我们应该活得遂心如愿，何必顾忌情面，在小人身上浪费时间。

赵怀远交友规则四：坚决杜绝出口成脏之人。他补充说：“争吵从不是解决问题的渠道，互骂只能推动情节恶化。”强势霸气的金星在节目中还自曝小人可谓防不胜防，那么赵怀远碰到几个不可理喻的人渣自然不足为奇。

赵怀远习惯以文会武，即使对方再刁钻，他也竭力寻求和平解决的方案，但偏偏有些人面对忍让却是蹬鼻子上脸，看得旁人都冒火。大家都知道，赵怀远明明可以有一百种解气的方式让对方败得很惨，但他总是能够巧妙地找到摆平事情的平衡点。事后又劝说身边人，可以简单处理的问题千万别复杂化，出钱是小事，闹大浪费时间才伤不起，与一个连你都不如的人一较高下那是倒退的标志。

时常听见恋人分手后各种吵架大战，让人不敢去想象他们曾经多么深爱过。何必呢，做不了爱人，但我们还得做人，你在谩骂对方的时候何尝不是在侮辱自己的眼光！更有不少男性骂某个女人多贱，声称认识不到十分钟就上床了，我想问一句："你认为贬低对方的人格就是在抬高自己的身价吗？"你可以生气，可以宣泄，但千万别出口成脏，即便骂人也得讲究水平，高手之间的对决不会臭气冲天，却是针针见血，且不说围观者看得过瘾，更多的是让人心悦诚服。

赵怀远交友规则五：与喜欢显摆，习惯高调之人加大安全距离！他补充说："人红是非多，树大易招风。他招摇，可能会使得你被盯梢，他失足，可能会牵扯你蹚浑水。"

常听年长者提及想当年万元户如何风光，但那是20世纪70年代末的事情。当下，有个100万，还得就事而言。如果有100万固定资产，那还算穷人，因为如今名下随意买套房、买辆车，过百万那是何等容易；若是有100万流动资金，仍算不得有钱人，因为富豪早就以"亿"作单位了。

赵怀远在山西省内各个城市乃至县城都有自己的产业，照理说这样一个人物，应该是出手阔绰，派头十足，但是赵怀远吃得对味，过得舒心即可，他时常很随便地在路边吃早点，地摊买双袜子就上脚。他的座驾虽说有好多辆，但那是出于工作需求，方便部下代劳出门办事，车价都控制在百万以内。赵怀远与异性相处，张弛有度，拿捏分寸得当，尤其与未婚女性，连个玩笑话也不会说的，从未传出丁点儿绯闻，低调得好比一株铁树，千年难睹花儿开的风采。

赵怀远身边的低调人士堪称卧虎藏龙，其中很典型的一个朋友在太原市拥有十多家连锁超市，他简朴的装扮，站在员工堆里无人能识别出此人就是老板，他几乎每天都带着一个连数字键都模糊不清的诺基亚手机，开着一辆面包车大街小巷地送货，重点是车门一推就直接掉下来了。旁人不解他何必如此辛苦，他笑着说闲着就闹心。

低调不仅是品德，还是一种自我保护，无论是恋人还是朋友，让其看上你这个人本身，相处才能长久；若是盯上你身外之物从而靠近，就是一个悲剧的开始。

赵怀远最大的亮点：不会轻易把谁当作朋友，一旦认定是值得相处的人，绝对掏心掏肺地对待。这里说一说赵怀远的司机杜义。

杜义的父亲过世得早，是母亲将他一手拉扯大，自从进入公司，按期领到工资自然不必说，赵怀远还经常为其买好换季衣服，连同年货都是办相同的两份，一份早早送给杜义的母亲。当然，人心都是相互的，杜义在一次陪同赵怀远外出的途中，眼看车子遇上不可避免的撞击，杜义毫不犹豫地轻摆一把方向盘，将撞击重心落在了驾驶位置，才确保副驾的赵怀远安然无恙。赵怀远在圈内的威望不言而喻，哪怕众人正玩儿得闹翻天，只要赵怀远一出现，即便一个字不说，场面就立即安静下来。连我这样一个桀骜不驯的人，除了会对父母妥协，就是会对赵怀远遵命。我对父母是出于孝心，而对赵怀远完全是出于诚服。

有的人出现在你的生命里，起到的作用超出父母与老师的教诲。我拿自己举例。我出生在家庭最鼎盛的时候，娇生惯养不必说，亲朋好友见我也是礼让三分，这恰恰也铸就了我骨子里目中无人的傲气。我自幼顽劣，时常惹是生非，面对父母的训导，坚持你说你的，我做我的。步入社会后，遇到心情烦躁，凑巧父母唠叨，就会当即反驳，继而拂袖而去。

记得那年爸爸小腿骨折，拄着拐杖行走，因为意见分歧，我当面顶撞他，言语很过激。爸爸气得顺手举起拐杖，我本能地闭上眼睛，数秒，我没有感到疼痛，睁眼才看见爸爸的拐杖对准的是地面。他的手因施力过度，不停地发抖，正巧是雨后，拐杖的一头深深地扎进小院坚硬的泥土里。那时的我还是一块“明知错了，也绝不肯主动赔礼”的顽石，只顾快速转身离去，丢下孤独地立在原地的爸爸。

多年前，我的性格应该上梁山去生活，真的，我特别喜欢交朋结友，走哪儿都有左膀右臂。但是当我家彻底败落时，那些所谓的哥们儿兄弟有95%的态度是退避三舍，他们不仅隔岸观火，还嘴里不时传出我家已经垮掉的消息，那是我生平第一次怀疑自己的眼睛。我本是争强好胜之人，极不愿向人求助，但面对见风使舵的朋友，难免是彻骨的心寒。我已经落入举步维艰的低谷，深夜失眠。赵怀远或许是上帝派来的贵人，他建议我彻底退出之前的圈子，别再留恋那些曾经虚伪的友谊，自然也就免去听到闲言碎语时的闹心，不为旧事困扰，才能重新施展拳脚。如今的我家在当地再次集万千风光于一身，我用了13年的手机卡不时冒出多年消失的声音，而那些旧人在我心里早已被重新做了定位。

我今生最大的荣幸就是能够结识赵怀远，一个好的榜样立在那里，无论有没有刻意去学习，彼此接触久了，他的言行举止，他的做事为人，潜移默化中已渗透到你的思想。渐渐地，你就懂得琐事如何想开看淡；大事学会借助公众之力将恶人绳之以法；对什么人应该圆滑处世；对什么人应该以柔克刚；对什么人应该坦诚相待；对什么人应该敬而远之。渐渐地，你就发现曾经喜欢的东西那般低俗，曾经爱过的人那般平庸，那么恭喜你，你的眼界提高了，你对事物与人品的欣赏正在不断超越。

个人认为，交友是一项长线投资，务必谨慎！朋友圈就像电脑，千防万防，难防木马潜伏，所以一定要经常及时杀毒。交上一个错的人，一个不留神就让你一贫如洗，还可能丢了性命；交上一个对的人，就是良师益友，会助你蓬荜生辉，登上人生巅峰。

发现小人当即一刀两断，若是磨不开情面，拖泥带水下去，有朝一日被拽下水，再多的后悔也救不了残局；若是真心朋友产生误会，哪怕负荆请罪去化解，终有一日你会发自肺腑地说，一切都值得。譬如放风筝，一个坏的朋友，总是牵绊你难以飞起来，即便飞起来，他也会千方百计地剪断轴线，巴不得你摔得粉身碎骨；一个好的朋友，经常叮嘱你注意雨雪天气，帮助你避开大树高楼，祈盼你飞得更高更远。小人不会撒泡尿照一照自己的面孔，以致麻木不仁，丧尽天良，最终害人害己；我们必须坚持每天称一称体重，知道自己几斤几两，才好找准定位，再多奸诈袭来，只要守住底线，至少有路可退。

远离小人，是跨向成功的第一步。

10.孤独对我不离不弃

夏季的夜晚过了零点依然不甘寂寞，我倚在窗前，目光落在对面一家西餐厅。透过玻璃，借着淡雅的灯光，可以清晰地看见围坐在桌边的人群，从他们挥舞的手势与面孔的表情来看，那种洋溢的快乐不言而喻。

总有那么一个刹那，窗里窗外会是两种心情，我的内心瞬间被孤独占据，下意识地抓起手机，不知是想联络谁，还是在等谁呼叫，只是眼珠一眨不眨地盯着屏幕。时间无情地路过每个人，绝不会出于怜悯而照顾谁的情绪，当我感觉到两腿麻木得无法动弹时，才发现自己就这样呆立了近一个小时。

我躺在床上，却毫无睡意，为了阻挡失眠肆意妄为地侵犯，我开始一组一组地去做瑜伽，浑身由发热再到冒汗，直到下一个动作相当吃力，乃至无法完成，才疲软地睡去。无数个夜晚，当被孤独充斥时，我总能用这种方式击败失眠。

未婚除掉孤独的最佳办法是脱单，然而我却清醒地拒绝恋爱，不是不想谈，是怕偏离轨迹的结局带来伤痛，因为婚恋的成本太高，一旦失败，情感与财力都会受到重创，更是心疼耗掉的时间。身为一名女子，嫁人很简单，嫁对人很难。在爱情里，我被动，慢热，谨慎，这些年，迫于各种压力，走马观花地接触过不少异性，大都是一面否决，个别初见还是有好感的，但相处不出三次就终止了。我一直认定自己对感情很专一，只是目前没有遇到一个异性对我的吸引力能够超出三天，我开始怀疑自己花心，这是否是一件很打脸的事情。自然，我从未把任何异性以男友身份带进生活圈，我不缺乏异性追求，缺的是一个我很有感觉，而他正好追求我的异性。

记得上学时，各个阶段的老师都很偏袒我，而那时的我特别好动，总是千方百计地逃离校园，对外面的世界充满好奇。不知几时起，我开始变得好静，只要条件允许，我会尽力推掉邀约宅在家，健身、看书、听歌、敲字，深感满足。偶然回望过往，我对自己都感到吃惊，不得不承认，一个再有棱角的人，也难逃岁月的打磨，我早已褪去青涩，学会敷衍各色人群，应对各种事件，唯独对亲朋好友问及婚恋时深感束手无策。

我在圈子里人缘还算不错，又因时常扬言婚后一定要个女儿，引得有儿子的朋友都抢着与我预定为亲家，以致几乎每次碰面，大家都会半开玩笑半认真地问："啥时候能够看到我的准儿媳呢？"我只好苦苦哀求放过。更令人头疼的是家人的关卡，我在外面工作时，父母三番五次地催着我回家，到家不过半小时，又撵着我出门去约会。当然，要怪只怪我撒谎在先，面对家人不时安排的相亲，我才出此下策说自己有交往对象，于是全家都不让我沾手一丁点儿家务，腾出时间多与对象相处，以便相互了解。每当如此，我只得出去消磨一阵子，才好回去交差。

说实话，我对自己的婚姻也是无比堪忧，总在同龄人身上看到自己多年前的影子。大我多岁的单身异性，基本有过婚史，而有洁癖的我习惯选择新的，哪怕是廉价的。加之我坚守不吃三草：嫩草、回头草、窝边草，致使择偶范围越来越局限。我深知婚姻是对自己，对另一半，对双方家庭的负责，若不是中意的人选，以我的个性很难苟且走到最后，所以我不想害人害己，没有一把心爱的伞，宁愿淋一辈子雨。

经过岁月的洗刷，我早已习惯对家人报喜不报忧，也不会把苦衷展现给身边人。偶尔也会崩溃到极限，然而，那一刻的泪水仿佛是迷失方向的孩子，没有从眼眶流出，而是一股脑儿地涌进心里。我不能哭，即便女人是水做的，我也要把自己冷冻成一块冰，孤傲地以固体的形式存在。

孤独就像我的影子，也有看不见时，但从未离开过。我将自己置身于繁华的街头，试图感受这份意境，然而嘈杂的画面只会凸显我的空虚。我只得驾车驶向郊区，选择一块有山有水有树的宝地，把车子的音响放大音量，闭上眼睛，仿佛整个人都飘上了天空。

我拼命以最快的速度奔跑，但孤独始终对我不离不弃。世界之大，任我驰骋，然而却没有一处地方能够安置我那颗不安分的心。我是女儿身，男人胆，外加一个时常不附体的灵魂，今生注定孤独。

11.闺蜜

已过零点，我独自走出办公室，本能地环顾四周，整栋楼黑灯瞎火的。我匆匆钻进电梯，两扇门并拢的刹那，神经一下子切换到恐怖片里，瞬间只觉头皮发麻，后背湿透。我屏住呼吸，眼珠一眨不眨地盯着不断变化的楼层数字，电梯门打开的一刻，我整个人几乎是弹出去的。

我敢在乱坟岗里面不改色心不跳地夜行，有着与生俱来的天不怕地不怕的性格，但凡我莫名恐慌时，总有不好的事情要发生，且这种预感每次都很灵验。就在我走神儿时，手机突然振动，导致滑落，我慌乱地从半空中抓住时，电话已经接通，里面传来一个微弱又急促的声音："亲爱的，快来救我……先看微信。”我点击微信，看到一条位置信息。

我不假思索，以最快的速度赶到那个地点，远远就看见路边那辆熟识的轿车，走近才发现车头倾斜地扎在一个转弯的护坡处，整个车厢盖鼓起一个大大的包。“亲爱的，我在这里！”一个女人的声音从半开的车窗里传出。我一连数次去拉车子的前门，均未打开，这才注意到前门因撞击而变形，不知哪儿被卡死了。在我的提醒下，女人配合着先拉开后门，接着将她的座椅后移，再放平靠背，最后借着我的力度，她整个人挪到了后座，我抱起她向我的车子走去。

“亲爱的，你别害怕，我还好。”女人逞强安慰，我使劲儿点头。

“亲爱的，下辈子我一定要嫁给你。”女人双手环住我的脖子，乖巧地将头部贴在我的胸口。

“别说话，保存体力！”我命令。我有必要交代一下，本人是一名女子，怀里的这位是我闺蜜，她习惯用情侣之间的口吻来称呼我。

闺蜜被推进抢救室，我在外面焦虑不安地来回踱步，脑子里放映着一幕幕场景。

那是2003年腊月的一天，邻居峰哥带我们几个小伙伴去玩耍，路过一家副食店问：“你们喝什么？快报名，我去买。”

我们七嘴八舌地说出自己喜欢的饮料，这时我注意到一旁有个陌生的女孩低着头，食指在半空中画着圆圈，似乎在思考问题。就在峰哥转身离去时，女孩的声音拉得悠长，高呼道："表哥，我要尖叫！"一行人被这突如其来的一嗓子惊呆了，沉寂数秒，面面相觑，扑哧大笑。我明白女孩口中的"尖叫"是刚刚上市的一款饮料名字，只是她的话连读起来就变味儿了。女孩无辜地看向我，我赶忙咬紧嘴唇，把已到嘴边的笑声生生咽回去。

"没事的，你笑吧，我不会介意！"女孩说着，一只手过来拉住我，那感觉就像被外婆牵着，能够明显触摸到粗糙且有裂口的皮肤，再细看，她穿戴破旧不堪，很是单薄，一张楚楚让人顿生怜爱的脸蛋儿触动着我的内心。

"跟我走！"我拉着女孩就跑，她丝毫没有抗拒，乖乖地跟着。我一口气把女孩领回家，找出护手霜小心地为她涂擦着双手，又找了一套我的衣服给她换上，才发现女孩原来是那么靓丽。

"我没有姓氏，你就叫我婷婷好了。"女孩自我介绍。我隐约觉得婷婷是个有故事的女孩，她愿意说，我就倾心去听，她说到哪儿，我就听到哪儿，不去打断，也不追问，只是静静地从她的叙述中读着她的经历。

婷婷本是甘肃人，出生几个月父母就离异，她跟随母亲，母亲很快又改嫁，在继父的拳打脚踢下熬过了两年，才被外婆接到了乡下。前不久外婆过世，她只得来投奔远嫁太原的大姨，正是如此我们才得以相逢。婷婷说这些年两任父亲都从不过问她的生活，在她心里，爸爸只是个名词而已，她不想跟着他们任何一方姓，所以宁愿有名无姓。我生性豪爽，平日多与男孩玩耍，婷婷是第一个走得与我特别近的女生。

后来的日子，我去上学，婷婷去打工，到了晚上我们就腻歪在一起同睡。也在那时，我开始埋怨，为什么两个男孩关系好，可以称为“哥们儿”，相应地两个女孩关系好，该如何表达呢？当然，时隔多年后，“闺蜜”一词颇为流行，我对这个称谓也很中意。

我出生在20世纪80年代条件相当优越的家庭，后来因父亲摊上一场长达13年的大事，致使家中经济状况如同大雨中的一盆死灰。此后，我开始变得封闭起来，几乎与所有相识的人断绝了联络。婷婷为了让我开心，时不时就会买个礼物，那时的我犹如一头失去理性的野兽，总是不耐烦地丢开她送过来的东西。而当我平息片刻后，又会自责不已，我深知那是她打工积攒的血汗钱，平日除了生活必需品，她根本不舍得乱花一分钱。那段日子，我在外人面前强装若无其事，唯有在婷婷面前，会失控地号啕大哭。

几年后，婷婷的表哥大婚，她独自租房搬出了大姨家，我偶尔也去挤她的小屋。后来，我分期贷款买了一辆货车，没日没夜地奔波在路上，对于一个十几岁的女孩来说，收入已是相当可观。

婷婷由于兼职两份工作，终于累趴住院了。她病愈那天，我庄严宣布：“你出嫁之前就在家待着，我养你！”

“你这么说，害得我好想叫你老公！”婷婷逗笑。

“万万不可，不知情的人听见了，会误会我们的关系。”我忙阻止。

“那叫你亲爱的，如果这个也不允许，那我拒绝你养我。”婷婷第一次在我面前撒娇。

“好吧！不过有第三个人在场时，不可以这么叫。”我补充条件。

自此，我在外风雨无阻地跑车，婷婷完全变成了家庭主妇，由于货车禁止进入市区，婷婷便隔三岔五地带着自做的饭菜，还有我的换洗衣物，倒换两次车，再步行大约三公里到高速路口等候我。每次见面，她总是喋喋不休地嘱咐一大堆生活事宜，而我递给她各地的特产后就匆匆离去。大车的生意越来越好，我给婷婷换了手机，买了辆踏板摩托，婷婷亲手编织了好几个平安符挂在我大车的驾驶室里。

2008年，婷婷恋爱了。男友叫韩飞，东北人，在他们婚前我只见过他一次。我对婷婷直言这个人不靠谱，婷婷问我具体表现在哪里，我说见面不到半小时，倒是没有露出任何不妥之处，但直觉判断他就是那种雷声大，雨点儿小，甚至是说一套做一套的男人。婷婷冷落了韩飞数日，最终还是和他重归于好，她哭着说："我信任你的眼睛，知道你是真心为我好，只是我与韩飞在一起很快乐，我真的放不下这段感情。"

"那我祝福你们，但愿我的预言是错误的。"我理解感情是两个人的事，劝自己别做那根痛打鸳鸯的棒子。

没多久，婷婷裸婚了。婚礼极其简单，韩飞那边只来了父亲与姐姐，婷婷这边就大姨一家人，外加我，一共九个人，说笑着吃了一顿饭就散场了。韩飞无车无房无工作无存款，婚房还是婷婷的出租屋，只是墙壁上贴了几个大红的"喜"字罢了。当天，我打了韩飞一拳，笑着放下狠话："你要是敢对婷婷不好，我绝不放过你！"韩飞承诺日后一定努力来加倍补偿婷婷。次日，在我的再三劝说下，由我出资，二人去补拍了一套婚纱照。

2009年，婷婷在距离预产期大约一个月时突然哭着来找我，说已有十多天联系不到韩飞，他的手机一直关机。我拜托朋友调查到韩飞一连数天都居住在某宾馆，婷婷执意要与我一同前往找人，见到韩飞的场景完全是我意料之中的画面。我当时敲门冒充服务员打扫卫生，房门打开时，韩飞裹着宾馆的睡衣，被窝儿里还裸躺着一个女人。婷婷哭喊着撕扯韩飞，突然说肚子剧痛就站不起来了，我们七手八脚地把她送往医院，大夫说是早产，我去交费回来，韩飞早已不知去向。

婷婷生下一个女儿，我问她有何打算，她平静地回答当初因为双方老家距离遥远，一直都没有领结婚证，如今自然也不必走离婚程序，孩子独自抚养便是。婷婷的淡定让我很是吃惊，但还是鼓励她要坚强地走下去。

那时我是独居，便把婷婷从医院接回同住。婷婷刚出月子，就打发了保姆，自己洗衣做饭搞卫生，她说每天最激动的时刻就是听见我回来转动钥匙开门时。我笑着说家里有大人的笑声，小孩的哭声，就不再觉得自己是光棍儿了。半年后的一天，婷婷留下一张字条，说不想再拖累我便不辞而别。婷婷一无亲人，二无朋友，手机卡一换，我就打探不到任何消息。

2015年我生日的早晨，婷婷突然出现在我家门口，以至我愣了半天才把她让进房内。婷婷亲自下厨做了一桌饭菜为我庆生，吃饭时，她才说原本打算混得有模有样再来见我，结果就在前几天看到我的一篇小说，结局太过揪心，她从字里行间推断那应该就是发生在我身上的故事，她实在不放心，便忍不住跑来找我了。那段日子，我忙得到处奔波，弄得家里乱七八糟的。饭后，婷婷又是洗衣物，又是擦地板，顺便讲述她这些年的经历，我就跟着满屋子转圈，生怕一不留神，她就再次失踪了似的。

从婷婷口中得知，她的女儿已经上学了，她自己并不打算再婚，决定孤独终老。婷婷现经营一家餐厅，日子过得有滋有味。从那天后，我们又保持联系，偶尔一起坐坐。

话不多表，先说当下。手术室的门依然紧闭，玻璃上贴着的“肃静”二字让人莫名窒息。这时，一个护士推门而出，说婷婷要见我。

我握紧婷婷的手，她微动苍白而干裂的嘴唇，“我没有任何亲人，只能托付你替我照顾好女儿……”我迟疑数秒，愤怒地向后退了一大步，冷冷地说：“我不会照顾你的女儿，你一定要好好地活下来，亲自陪同她长大成人。”主刀大夫把我叫到外面，为难地说：“其实还有办法的，只是病人说她没有家人，若无亲属的签字我们是不敢冒险抢救的，毕竟手术有一定风险。”

“我就是她最亲的人，我来签字，拜托你们尽力去救人就好！”我双手合十连连拜谢。

我不时地看着手表，紧绷着神经盯着手术室又煎熬了两个小时，大夫们相继出来了，欣喜地说婷婷已经成功脱险了。

病房里，婷婷一本正经地说："在手术室你太让我失望了，居然连我临死之前的嘱托都不肯答应。"我的心被猛地刺痛，但还是平静地说："我如果一口答应下来，你没了牵挂就会本能地松懈求生的欲望，我选择拒绝，正是想让你放心不下女儿，因而拼命地存活下来。"

"亲爱的，我与你开个玩笑罢了，其实在我一睁眼看见你满脸的那股激动劲儿时，瞬间就明白了你的良苦用心。"婷婷拉过我的手，贴在她嘴边轻轻一吻。我们不再言语，只是傻笑着去意会彼此的眼神。

12.想得到尊重，先学会自重

我在办事，张志杰的电话打来，我接听时却是个陌生的声音：“你好，是×××吗？”我说：“是”，对方说：“是这样的，这个电话的主人在我们饭店喝醉了，把钱、证件扔了一地，我们也不敢贸然收拾。他是一个人来的，我们用他的手机在最近的通话记录里选择拨了几个号码，有的接不通，接通的又都不在近距离范围。你方便过来一下吗？”

我说：“把饭店的地址发过来，我马上过去，麻烦你们先照料一下他！”

田军还在路边等我，我过去说：“你先去吃饭，我一个同学喝多了，得先去把他送回家。”“我与你一起去吧，喝醉酒的人死沉死沉的，你哪能扶得动！”田军说着示意我上车。

赶到饭店时，张志杰趴在桌子上睡得正香，浑身弥漫着一股酒气。我让服务员帮忙把散落的钱与证件收拾好，装在一个袋子里。田军好不容易把张志杰叫醒，刚扶起来走几步他就稀里哗啦吐了一地。我向老板道谢时，老板更是感激我能过来把人带走。

费了好大劲儿才把张志杰安顿在车后座上，这家伙估计是睡了一大觉，加之刚才吐了一阵子，现在好像清醒多了。他满腹委屈地说：“现在的女人都怎么这样啊，与我睡了多少个晚上了，每天喊着老公要这要那的，却说自己不是我女朋友。今儿一大早这个女人还给我打电话，要我把给她买的项链发票送过去。结果在刚才那家饭店，我撞见她拉着另一个男人的胳膊出来，我过去要她给个说法，她居然说从来都没答应做我的女朋友，有什么好解释的。”车子在经过一家美容院时，张志杰闹腾着非要下去，说那个女人就在里面上班。我让张志杰答应不许闹事，别影响店内生意，把那个女人叫到车上说话。

不一会儿，张志杰领着一个女人上了车。我压根儿不想听别人的私事，但车子空间就那么点儿，只好对不起自己的耳朵了。他们说话的内容证明张志杰刚才说的那段话完全属实，那个女人一副理所当然的口吻，而张志杰还没彻底清醒，前言不搭后语，反被倒打一耙，我很是气愤。

我转身问那个女人："美女，你自己说你俩到底是什么关系？"

"朋友，普通朋友。"那个女人口气很肯定。

"既然是普通朋友，刚才你口口声声说从未答应过做张志杰的女朋友，那为何要接受他的东西呢？有什么资格又以什么身份接受呢？"我让那个女人自己确立她与张志杰的关系，然后将她逼到死角。

"不是这样的，我起初是真心与他处对象，但是正月一起去丽江游玩时，他令我大失所望，所以在回来一个月之后，我才谈了现在的男朋友。"那个女人极力为自己开脱。

"也就是说正月你们已经分手，一个月后你谈了新男友，那么为何在七夕情人节还接受张志杰的项链？在这期间又让他给你买衣服、包儿、化妆品等东西？你的现任知道了会是什么反应？还有，今天一大早又怎么好意思让张志杰把买项链的发票送过来？"我向来是很包容女同胞的，但是这个女人实在是给女性丢尽了颜面。

"我与张志杰保持来往，现在的男友都知道的，他说不在意。我要项链发票是想去金店重新换个款式，反正张志杰要发票也没用啊！"女人一副不屑的态度，"我之前的男朋友比张志杰对我好多了，不但给我买东西，还常给我家人买呢！”

“无论对你多么好的人，最终还不是都成了你的前男友！”我笑笑。

“东西是张志杰心甘情愿给我买的，我才不稀罕呢。”那个女人明显表现出不悦。

“作为一个女性，家门可以不显贵，但自身一定要高贵，要想得到别人的尊重，得先学会自重。”我加重了语气。

“你别教训我！”女人高声吼道。

“谈不上教训，我只是告诫你做人的道理。”我保持安静。

“我们的事情犯不着你管！”女人彻底恼羞成怒。

“刚才我还嘱咐张志杰把你叫上车谈话，以免店内其他人听到，你会陷入尴尬。既然你如此不可理喻，咱们索性去店里让你的同事们都见识一下你的所作所为。你可以从这儿辞职再跳槽，但我掘地三尺也会找出你，除非你离开这个城市。”我向来吃软不吃硬，遇上硬茬儿，我还真是死磕上了。

“纯粹一个傻女人，你快往下滚，别脏了我的车。”我第一次见田军发脾气。

“我错了，真的错了，你千万别去店里面，老板会开除我的，我还压着三千块押金呢。”女人话语瞬间带着哭腔。

“美女，我根本不愿赶尽杀绝。但我知道你是嘴上说错了，心里完全不服气，你一个人好好反省去。你今天先走吧，免得说我们仗着人多欺负你。但是你若再敢做出伤害张志杰的事情，我决不饶你。”我真的看见这张脸就想吐。

女人下车，我们将张志杰送回家，把装着钱与证件的袋子交给阿姨，道别离去。

也曾有人给我送首饰，但我拒绝了，我告诉对方礼物太重，暂且你先保管着，如果我们走在一起了，到时候你再把东西给我，如果没有结果，那自然没话了。还有个朋友知道我喜欢吃柚子，一次非要拉着我去超市买。我平时没事是不喜欢逛街的，所以进去时顺便挑了一些日用品，在结账时，我把柚子强行塞给朋友，并把他推到一个出口处，我拿着日用品走了另一个出口。

拿人手短，吃人嘴软，懂得自爱，才能得到别人45度角的仰视。我极度反感男人以贬低女人来抬高自己，同时也痛恨女人占点儿小便宜就犯贱。

13.防人之心不可无

去家私城闲逛时，偶遇一位男同学（下文用A君代替），他倒了一杯茶，礼让我坐在店里的接待椅上。

A君电话响起，他接通后那叫一个热情："陈老师啊，您家里我去看了，就按我给您设计的那样安置！"

"陈老师，甭问价格，我照本钱给您一套就是了。"

"您太见外了，学生为您服务都是应该的，我明天一早打发人给您送过去安放好！"听不清电话那头儿的声音，只见A君满脸堆笑地讲话。

A君挂断电话，手指在嘴角一抹，道："刚才是我的一位老师，这一个电话怎么也挣个万八千的吧！"

我努力挤出一个笑容！

A君的电话再次响起，他接通后比刚才的态度更加热情："刘总啊，办公用是吧，60套……咱兄弟的交情，还谈什么价格！你把成本给兄弟就行了。我明天就发货，两天后让底下的人给你安排得妥妥当当的！"

A君挂断电话，手指依旧在嘴角上一抹,道："我的生意大都是熟人，就刚才这一单，怎么也挣个十万八万的！"

这次我很努力却挤不出一丝笑容。

A君起身介绍店里家具的人性化设计，我表示没有中意的，不是我太挑剔，是被他刚才的两个电话内容给吓住了，电话里说只给成本价，挂断后就自称能挣多少钱,或许只是想证明他的人缘好，或许是炫耀他挣钱的能耐大，但却让我起了戒备之心。A君又找出一套样板图向我推荐，说是热销货，抢手得很，出于盛情难却，我便随意指着图片上的一套餐桌问其价格。

"你什么都别管了，我直接调货回来派人给你送过去！"A君拍打着胸脯说。

"多少钱，看我能否负荷起！"我笑着问。

"给个成本就好！"A君貌似是上帝派来给人间免费服务的。

"也不能亏你，少挣点儿即可。那成本是多少钱呢？"我追问。

“不会太贵，我还能坑你不成！”A君总是避而不答。

“这样吧，我用手机拍个图片，回去给我妈看下，她若也喜欢，我再打电话给你！”我敷衍着对着样板图拍了几下。

“嗯，也好，那你电话多少？”A君问。

我看见桌上放着一叠名片，便顺手抓了一张，道：“我回头打给你！”

“那好，等你电话！”A君职业性的笑容始终挂在脸上。

我从不给陌生人留电话，A君虽说是同学，可我对他的了解仅限于学校时期，如今已是十多年未见，何况人是在不断变化的。

“听说你这几年不错呀……”A君无中生有地乱拍一气马屁。

“别给我戴高帽子，我只是尽己所能，挣点儿生活费罢了。”我接过话茬儿。

“老同学真是谦虚！”A君给我杯里添上茶水。

“不是谦虚，是实在找不到有什么可以让我不谦虚的资本，所以只好实话实说。”我说着站起身来：“你先忙，我还有点儿事。”

A君将我送出门外，不忘叮嘱一句：“记得打电话！”我笑着点头。

离开A君的视线，我就丢掉了名片。虽是多年未见，我却在瞬间对A君作了一个抽象的评价：

一、这种人眼里充满了利益，加之能说会道，太容易蒙蔽人心，但谁也不是傻子，睡一觉醒悟过来，交情必然都是一锤子买卖。

二、这种人专门利用信任的心理来坑人，正因为熟悉才相信不会被宰割，又碍于情面不好意思谈价格，生米煮成熟饭后，价格自然由自己拍板。

三、这种人说话的可信度只有1%，就算赔钱了也说是挣到一两个月的生活费，若是真挣了一点儿小钱，必会吹嘘得在后面至少加上两三个零。

我不过就事论事罢了，或许言语有点儿偏激，但对这种人最好是敬而远之，毕竟防人之心不可无。我们不去坑蒙他人，自然也不想被人宰割。此外，在这种人面前，我们要永远学会做个“穷人”，因为他看见你有油水，就会用尽心思靠近，时机成熟了，可能就会开口借钱，再严重点儿，会把你拉去垫背！

14.岁月变迁，情谊依旧

我们家族混得最牛的当属我的大表兄，豪车别墅股份，鲜花美女掌声，都围着他打转。表兄比我要大一轮，关于他的事迹都是听说。凡是沾亲带故的人十有八九定论他是十足的潘仁美。潘仁美在小说里是个大奸臣，历史上并无此人，我实在想不出大表哥与潘仁美是在哪方面挂钩的，二者又有何可比性?

后来在一些红白喜事之中，听闻不少亲朋好友闲扯，张三怨大表哥没有照顾自己打工的孩子；李四说大表哥回家探亲路过他家都不进门；王麻子调侃大表哥比日理万机的领导都忙，打电话不接，事后也不回复；这个讲述曾经给大表哥买过几块饼子，那个回忆当年给了大表哥五元路费，最终名正言顺地推理出：大表哥如今腰缠万贯却不认得穷亲戚了。

几年前，姑父过世，大表哥回家料理后事，我才有幸一睹本尊。表哥谦和地问候照顾每一位参加奔丧的亲朋好友，席后他又指派哥们儿弟兄带上事先预备好的各种特产，将部分着急赶路的亲戚送去车站，留下来的宾客都安排在酒店房间。做事自然大方又不失细致，哪怕存心找碴儿也难挑毛病。

亲友们，请坐下来，我们好好谈谈。你们当初为大表哥做那点儿鸡毛蒜皮的琐事时，一定没有料到他日后会出人头地吧，否则那时真该让他给你们多写几份养老送终的回报合同。举个话糙理不糙的例子：家里养了一只藏獒，若不是顾虑放开会伤人，早撵出去让它自己觅食了。人，更应该自食其力。别人帮助是情分，不帮是本分，用道德绑架别人只会令人反感，反之，只能证明一个事实：你才是拜金的势利人。

前不久，我回山西待了一段时间，因为发了一条动态显示了所在地址，引得好友接二连三相约见面。我平时极少回家，这次纯属有事在身，考虑要尽快办妥事项，又想得空儿多陪父母，便婉拒了所有邀请。

在大院里恰巧遇见大姐的二哥，二哥热情地问长问短，我匆忙回复几句，说是回头去看大姐，就急着去办事了。本来心里惦记着离开家之前一定要去大姐家坐坐，但后来因临时有事，就连夜赶回了榆林。

我与大姐虽然没有血缘，但交情胜过血缘。当初我在山西时，几乎每天都和她腻歪在一起。自从我定居陕西后，只能在每次回去时匆匆小坐，随着生活越来越忙碌，我们的关系变得渐行渐远渐无书，眼下足有两年未见了。闲暇之余，我经常会想起大姐，不由心虚得很，不知她是否会怪我人走茶凉。

但愿只是我多心，我不想对她解释什么，也无法解释，事实就是我确实极少联系她了，唯有心里明白自己一点儿也没变，我会永远与她保持联络，将来还要与她的孩子继续来往。

在山西那几天，几个同学多次打电话说一起坐会儿，我一直答应等办完事联系，中途同学又留言问几时有空儿？我只回复了一个字：忙。后来，妈妈在电话里说，我走后，有几个同学先后来家里找我，我愧疚不已。

不时有陌生来电声称自己是谁谁的朋友，而所说的名字与我并无多少交情，甚至压根儿想不起有这个人的存在。如果没有本人允许，A把我的联系方式给了B，我会将B拒之门外的同时，一并连同A也清理出户，我没有时间敷衍八竿子打不着的人。但是，有种关系例外。只要你我曾在一个教室里坐过，不管你从什么渠道找到我，我这里都有一个同学的位子留给你，无论我能否为你做点儿什么，若是你来找我，我至少会尽一份地主之谊。我一度怀疑各种社交都有水分，唯独相信校园生活的情谊是纯真的。

追忆学生时代，历届老师都对我十分看重，而我最敬重的当属班主任柳老师，毕业后我只看望过他一次，后来一直念叨再去，却一直日复一日地拖延。我一直警诫自己：凡事只想不做，就别冠冕堂皇地找借口推辞没时间。事实上，我几次回山西都距离柳老师不太远，或许是出于办事心切，或许是总觉得没有事先安排，也便至今未去拜访。

上次在同学那里得到柳老师的电话，我兴奋得当即拨通，开门见山就问："猜猜我是谁？"出乎预料的是柳老师居然迅速地报出我的名字，接着就聊得热火朝天。事后想起那种师生对话的方式，感觉骨子里除了一如既往的敬重之外，还放肆地多出一层朋友之间的无拘无束。

曾经，临近月末，我总要在电话簿里翻出几个人瞎掰，把套餐赠送的分钟数用完才觉得安心。近几年与人通话，总是有事开门见山，若是闲聊，也就三言两语，我便鬼使神差地来一句：没事的话先这样吧，有机会再叙。

聚餐游玩更别提了。早些年，每逢佳节，我必然会与好友吃喝玩乐到尽兴，现在逐渐变成只有在年底才约数人小坐。近几年，偶然答应个饭局，却因时常有变，不能准时赴约，每次都导致大家等候多时，真是内疚不已。后来有邀约，索性直接拒绝了。

偶尔有好友留言或打电话，当时顾不得理会，心想过后再回复，结果忙碌的一天总在零点之后才能结束，正常人早已熟睡了，只好等到次日了。如此推延，三五日转眼就过去了，唯恐彻底忘却了此事，惹得别人误解。于是，桌上总有一张字条，提醒自己各个时间要做的事情。

突然想起大表哥无辜地解释没有疏远任何亲朋好友，真是忙得连自己都忽略了。我特别理解，若不是担心会被饿死，我都能省略吃饭了。我本是一言九鼎之人，但如今却身不由己，不能单一地考虑人情世故，而要衡量事态轻重缓急，决定先后处理顺序。

真正的朋友不必时常联系，只需彼此关注。只要你发信息，不管迟早最终我回复了，或是你打电话，我接通没有询问你是谁，就证明你在我心里有一席之地。无论见与不见，我都记得你的存在。

生活不易，还望理解。我当务之急是拼搏，我要挣钱为父母养老，还要挣钱为自己防老。静心思过，我确实与无关工作的朋友几乎失去交集，但是，你淡出我的生活并不代表我从内心将你移除。岁月变迁，情谊依旧，等我有足够储蓄，而你正好也有空闲，我们一定会再举杯同庆，畅所欲言。

15.常不坏的一天

这个男人，大多时候是一身运动装，搭配一双白底边休闲鞋，一头毛寸短发看上去总是湿漉漉的，手指间时常夹着一支蓝色细烟，吸上一口轻轻一吐，便是一串儿连环圈儿，倚窗而立时，侧影都是那般英姿飒爽，绝对是女性暗恋的大众情人。“常好”本是他的大名，不知哪个捣蛋鬼将这个名字翻译为“常不坏”，大家也都喜欢这么称呼他。

这样一个让人看一眼就不由得浮想联翩的男人，每天的生活是如何度过的呢？我们不妨跟着常不坏逛上一天。

常不坏昨晚估计又打游击战了，现在还赖在沙发上,一缕阳光从未拉严实的窗帘缝里射进来，正好照在他的脸上。不过，这点儿光线还不足以让这个起床困难户离开沙发，他翻个身继续做梦，直到十二点，才被饥肠辘辘的肚子恶搞醒来。眼睛滴溜溜转一圈儿，嘴角浮出一抹邪笑，似乎在回味什么，足有二十分钟，终于起床成功。

常不坏匆匆洗漱完毕，便自驾出门。他此刻大脑跳跃着，浮现出大清花蒸饺、如意江南锅盖面、怪难吃烧烤、三绝村粗粮，纠结一番，他把车停到杨记灌灌门口。推门而入，择一靠窗户的桌边坐下，他对上茶的姑娘不知嘀咕了几句什么话，惹得人家脸颊绯红，窘迫地立在那儿。

睡美了，吃好了，常不坏把着方向盘，经过一个十字路口时红灯亮起，他正好停在第一个车的位置。趁着等待时间，他便肆意打量着挡风玻璃前穿梭的每一道风景：挎着LV包儿的女士、裹着斜条纹打底裤的美腿，就在他盯着一个女神发愣时，却听到后面有车在不断地摁喇叭，一看才知道是绿灯亮了。

常不坏的车子开出了市区，在一条蜿蜒的河边停下，这时他手里多了个相机。他时而蹲下，时而后仰，变换着角度搜寻景致。常不坏的业余爱好是摄影，看见山就拍山，看见水就拍水，实在找不到风景了，就对着漆黑的夜空猛拍几张。

就这样，常不坏开着车子漫无目的地溜达，每到一处便大拍一番，不觉天色已暗。手机响了，是常不坏的几个基友邀约去K歌。他速速打道回府，在蓝魅KTV门口，一行人碰头了。常不坏停好车，手里拿着几张报纸示意保安将前后车牌包起来，这才放心地离开。

进了包厢，常不坏漫不经心地坐在沙发上，他在这种场合，向来是很严肃的。关了几处灯光，屋里面便暗下来，大家各投所好，有的摇骰子，有的嗑瓜子，有的抱着话筒狂嚎，一片混乱。

约半小时后，常不坏说去趟洗手间，出去就直接上车了，径自驾车来到郊区的烈士陵园。陵园大门紧锁，常不坏从后备厢取出一个沉甸甸的袋子，从侧面的一堵矮墙翻身一跃，跳了进去。

常不坏在一座坟前蹲了下来，从袋子里拿出一颗大大的红柚，用随身的家门钥匙对准皮层划开一道口子，撕掉皮儿，掰了一块果肉，小心翼翼地剥掉那层薄皮儿，分成小块放在石桌上。借着月光，可以清晰地看见墓碑上一个女孩的照片，照片下面有一行字：陈默默，生于1988年，是一名摄影师，曾在省里摄影会展中多次获得荣誉与奖项，因救两名被洪水冲走的小学生，献出了年仅26岁的生命，经省人民政府批准，追认为烈士。

陈默默是与常不坏一起走过6年的初恋女友，那天他们试完婚纱，被大雨困在老城区的一个超市门口，街道水流成河，来不及逃跑，车身较轻的车辆已经浮起来了。陈默默说想吃柚子，要常不坏去买。常不坏离开的几分钟，路面一个下水井盖突然被掀翻，洪水如注般涌上来，将台阶上站着的两个孩子扑倒。陈默默急忙大步跨过去，两手各拽住一个孩子，自己却一个趔趄被绊倒，再也没有机会站起来。她死死拉住两个孩子，跟着洪水漂出数米后，眼看要从一段毁坏的桥梁处被冲进河道，她迅速腾出一只手抓住暴露在外的一根钢筋，同时将松开的那个孩子用双腿紧紧夹住，在坚持约半小时后，才有路人帮助救起孩子，陈默默却手一松，随着洪水而去了……

16.一星期的爱情

高才生刚被调到总局，就被上司的侄女莫相思盯上了。起初还只是献媚，后来索性就直接坦诚表白了。高才生可是一个心高气傲的主儿，哪里看得上既没身材又无长相的莫相思，心想除非到了饿死的地步，再考虑是否娶这个讨厌的女人。

莫相思虽惹人生厌，但毕竟得担待上司三分情面，所以高才生谎称自己已婚，莫相思表态看到结婚证就不再打扰，高才生只得又说自己有女友了，莫相思要求目睹其女友就自动消失。高才生暗自庆幸这道难题总算找到出口了，但又发愁去哪儿一下子找个临时女友。

高才生冥思苦想，开始在大脑中搜寻女人，转念一想，若是找个熟人配合演戏，太尴尬了。何况事情一旦传出去，说是被莫相思那种重量级的女人吃豆腐，岂不颜面扫地！高才生无奈，最终选择上网问“度娘”，求广大网友给支着儿，结果有80%的人推荐搜索附近的人。

虽然只是为了解决燃眉之急，但高才生还是在一大堆女性中挑选出一位看上去很朴实，却散发着特有气质的女孩。高才生打招呼，她居然秒回复，高才生说诚意寻觅女友，女孩说想闪婚，两人一拍即合，直接约好见面时间及地点。

星期一，结束了一天忙碌的工作，高才生悠闲地坐在咖啡厅角落的一张桌边，不时扫射着进来的每一位顾客。门再一次被推开，当一个身着休闲装、斜挎帆布包儿的女孩出现在餐厅时，如同飘进来一缕清风，她径直走到高才生对面的椅子上坐下来。女孩叫杜兰溪，正是高才生从附近的人搜索而搬来的救兵，莫相思就坐在他们一旁的餐桌，看得一清二楚。几分钟后，莫相思给高才生发了一条祝福短信就头也不回地走了。高才生终于剥掉了这张狗皮膏药，却在杜兰溪身上变得犹豫不决，直觉告诉他，他很喜欢面前这个女孩，理智劝诫他，男人一定要有所作为再谈婚姻。经过一番激烈的思想斗争，高才生决定以事业为重，于是就毅然决然地借口有事，改天再约。

星期二，高才生站在窗前，看着街道或走或停的车流，突然心想杜兰溪会不会就在某一辆车里，心里这样一想，手上早已神不知鬼不觉地拨通杜兰溪的电话。高才生精心打扮一番，匆匆赶到一家理发店，杜兰溪坐在一面大镜子前，一头淡黄色的大波浪鬈发披在双肩，相比初见时的直发马尾辫，妩媚取代了几分清纯。他坐在旁边的一把转椅上，与镜子里的杜兰溪目光几次撞击，彼此会意一笑。轮到买单时，两人推拉着，都抢着把人民币递到收银员面前，收银员最终为难地接过高才生的钱，正欲找零，杜兰溪突然把手里的钱甩到吧台上，厉声道："如果收了他的钱，我以后就再也不来你家店了。"这句话果然具有杀伤力，收银员立即把钱还给高才生，又将杜兰溪的钱收起来。

星期三，高才生建议去一起玩儿，杜兰溪说市区都玩儿遍了，实在想不出该去哪里，两人分别提到几个地方，都被一一否决了，最后一致同意到县城的一个景点儿去看牡丹。孰料一路上连续遇到两起交通事故，加之出发时间本来就迟，赶到景点儿时，早已是大门紧闭。二人商量决定就近住下来，次日一早去赏花儿。

酒店房间里，高才生斜倚在床上漫不经心地看着电视，琢磨如何才能将面前这个女子乖乖哄上床；杜兰溪坐在躺椅上，似乎有几分不安，她快速地翻着微信联系人，不时打字聊天，数分钟过去，脸上忽然闪过一丝欣喜，起身说：“这里有我个同学，我去她家坐坐，你先休息会儿。”高才生坚持去送杜兰溪，在一个巷子口，果然有个女孩兴冲冲地等候着，二人牵手走出数米，杜兰溪发来一条信息：“今晚我住同学家，明天一早联系。”

星期四，高才生迷迷糊糊地被闹钟叫醒，杜兰溪在他脑子里高速运转了一个晚上，以致他整个心理及生理都处于疲惫状态，但这个在关键时刻选择了逃走的女孩简直是吊足了他的胃口。高才生飞快地洗漱完毕，就去昨晚送走杜兰溪的巷口等候，竟不知几时睡着了。睁开眼时，副驾坐着一个短发女生，一身军绿色的套裙，外搭一件白色小西装，显得尤为干练。这不是杜兰溪吗？高才生吃惊地盯着这个仿佛会七十二变的女孩。

“我同学说鬈发显得老气，所以一早就去剪发了。”杜兰溪说着拉过安全带系好。吃过早餐，两人直奔牡丹园。杜兰溪在前面奔跳着摆出各种姿势，高才生跟在后面负责拍照，捎带着名正言顺地肆意打量这个女孩的每个部位。在过一条小河时，高才生绅士般地伸出手，杜兰溪迟疑一下，还是搭手过去，跟着小心翼翼地挪动脚步，突然一个踉跄，险些摔倒，幸好被高才生紧紧搂进怀里。

星期五，酒吧的音乐缓慢而柔绵，高才生伸手邀约杜兰溪一起跳舞。只见杜兰溪勉强起身，面带僵硬的笑容，扭动笨拙的身子，不敢正视他的眼睛，每一步都跳得那么谨慎。高才生心想这个女孩一定没有什么恋爱经历，至少是极少出入这种灯红酒绿的地方。一曲舞毕，二人坐回沙发，都不声不响，只是默契地碰杯饮酒。三瓶啤酒过后，杜兰溪已是面色红润，倒头就睡着了。高才生将杜兰溪带回公寓，放在床上，看着她白里透红的娇容，凹凸有致的身材，浑身折射出高冷泰然的气质，仿佛任何一只手去碰触她都是一种亵渎。高才生竭力克制，但内心好像住着一个魔鬼，竟然如饥似渴地占有了这尊美丽的躯体。

星期六，高才生恐慌地起床做好早点，坐到餐厅等候杜兰溪的审讯，他开始害怕面对她的哭泣和质问，也很担忧现阶段谈恋爱会在工作上分心，一想到起初是为了摆脱莫相思的纠缠，才结识了杜兰溪，就感觉罪恶深重。杜兰溪走过来坐下，好像关于昨晚的记忆都处于断片状态，只顾一声不吭地吃完早餐，转身走向门口换好鞋子就欲离开。

“你这样一句话没有，还不如给我一个耳光，至少让人心里痛快些。”高才生冲上去拽过杜兰溪的手掌，对准自己的面颊。

“其实昨晚我虽整个人疲软无力，但心智还是清醒的，我既然没有做出任何抗拒，就等于默认一切都是心甘情愿，所以你不必自责。”杜兰溪突然转身，双臂环过来抱紧高才生，哭得好似一个不慎高考落榜的优等生，反倒一个劲儿地说：“对不起，对不起，原本是我对不起你。”

星期日，杜兰溪跑到公寓去找落下的充电器，高才生亲自下厨做了好几道拿手菜，愉快地用餐后，杜兰溪去收拾厨房，俨然一对儿小夫妻的生活。高才生惬意地窝在沙发上，瞟了眼拎着一大包儿垃圾出门的杜兰溪，又继续看电视。过了好久，不见杜兰溪回来，他起身拨打她的电话，语音提示是关机，冲向门口，才发现鞋架上放着一张字条：初次见你时，正是我失恋第一天，原以为有了新欢就能冲淡旧爱，但是一个星期过去了，我眼里全是前任的影子，根本没有多余空间接纳你。我决定去一个陌生的城市开始新的生活，再见。

高才生跑到厨房里东瞅西看，多么奢望杜兰溪能够再遗落下一样东西，或许某天突然又回来索取，哪怕不再回来，留作念想也好。然而，一切清理得整洁有序，除了杜兰溪的影子，什么也没留下，除了那一包儿垃圾，什么也没多带走。不，她带走了他的心，房子里空荡荡的，他却感觉有一股不可自拔的痛楚勒紧了全身。

当你在观赏风景时，或许你自身也是别人眼中的一道风景；当你预谋把别人当作一颗棋子时，或许你正是把自己拱手送给一个需要棋子的人手里。人，可以控制很多事情，却极难掌握自己的感情，爱往往容易在潜移默化中滋生，正如高才生在占有了杜兰溪的那一刻，多么害怕会为此负责，可她彻底走了，他却祈祷上帝给自己一次为这一星期的爱情负责的机会。

17.雕虫小技

进入银行，我在抽号机取了纸条："您前面还有17人在等候中。"我在休息区的空位坐定，不禁想起前些年银行的布局来。那时候没有排号机，柜台前有几根穿过铁杆的绳子将空间分割成多个长条格子，试图以此维持排队秩序，人们却往往是一窝蜂似的往柜台窗口挤，后面的人实在挤不进去，索性伸长胳膊绕过前面人的脑袋将自己的钱或者折子递进去，工作人员更是不管先后顺序，谁递进去就接手给谁办理。为此时常有争吵发生，当然弊端不仅仅这些。我与同龄人谈起这些时，他们总说自己好像没有那样的经历，也罢，只能说我比他们步入社会早，准确地说应该是比他们接触银行早。

人群中不知谁抱怨道：“这么多人排队，居然只开放两个窗口！”我的思维被打断，立马从回忆中跳回来，忽听语音正在叫我的号，忙起身走过去。

我将钱与证件正欲递进窗口，突然有一只手臂拿着单据抢在前一秒递进去，我核对窗口显示的号码与我手里的纸条号码完全一致。

“你好，请问你是几号，现在窗口显示是我的号。”我问身旁的女人。

“我是内部人！”女人冷冷地斜了我一眼,仿佛她头上多长了一对儿犄角。

“内部人？内部人更应该尊重我们的排号，至少插队得打个招呼吧！”我虽看不惯这个女人的姿态，但还是极力用平和的语气和她说话，倘若她客气地道声歉，哪怕胡乱编出一个不是理由的理由，我也会做出让步。

“我很忙！”女人懒得理我，只顾晃着手里的单据，示意窗口里愣着的工作人员给她先办理。

“你很忙？说得好似这儿排队的人都悠闲得抽风。”我强压着满腔怒火。

“难道我们内部人连这个权利也没有吗？”女人声音明显提高分贝，愤恨地瞪着眼。

“内部人就可以插队吗？那排号机还有意义吗？”我就像烈日下的汽油，这个刁泼女人的挑衅恰似一根划着的火柴甩过来，“告诉你，这个窗口，今天我若办不了业务，谁也休想办理！”

老板拿了客户的钱，心里就是一万个不乐意，也是笑脸相迎，作为银行的工作人员职业道德何在！

就在我们僵持之时，一位自称经理的男人过来询问事情原委，排队等候的人们纷纷围上前反映情况并指责那个女人，女人恶狠狠地盯着我，显然很不服气。

我悄然从身上摸出一支笔，在女人面前一晃，“你不服气！是吧，我给你个心悦诚服的解决方式！这是一支摄像带录音的笔，刚才这一幕都拍录在里面，我一个记者朋友前几天还正发愁没有题材刊登呢，这支笔给他正好做个人情！”话毕，我将笔放进随身的包儿里。

经理见状，接连道歉，并训斥那个女人，不知何时，好几个工作人员也跑过来协调，女人明显没了之前的气焰，虽有几分不情愿，还是硬着头皮道歉了，我答应此事到此为止。人群里一个中年妇女感同身受地说：“之前，我与我的朋友都遇到过类似情况，我们却没有你这样的勇气，只能气愤又无奈，今天你是帮众人出了一口气！”中年妇女带头鼓掌，众人都跟着鼓起掌来。

我笑着与大家道谢，离去。

下午，与朋友一起吃饭时，我提及在银行发生的事情，朋友非要录音笔，说想看我在银行的闹剧。

“其实那就是一支普通的圆珠笔！”我不禁一笑，“我去银行是办事的，不是闹事的，所以达到圆满结果就OK。任何丑陋行为都怕曝光在媒体之下，若不借此使点儿花招儿，那个女人能向我道歉吗？我的业务能顺利办理吗？我心里能舒坦吗？”

朋友们面面相觑，一起附和道：“聪明！”“大赞！”“干得漂亮！”

18.以微见宏

当今很流行一句话：男人比谁混得好，女人比谁嫁得好。作为未婚女性，要想嫁得好，交男友时一定要慎重。男方的条件优越固然很好，我们一般以车、房、股权、银行卡存款位数来估量。只是这些都乃身外之物，何况很难摸清其背后是否有超出固定资产价值的贷款，所以品行第一，能力是王道。再者，人们在恋爱时可能会下意识地收敛自身的一些不良习性，一定要透过现象看本质！

细微之处见真章！提议多留意男友一些日常生活细节，来推断其品行。

以下是本人拙见，仅供参考：

1.一起逛街，你看中一样东西，这个男人丝毫没有出钱的趋向，此人不可交。（当然你看中的东西不是太贵的，这里定价为100元以下，若是他执意付钱，我们也不该接受，只是要男人的一个态度。）

2.一起去娱乐场所玩，你起身走动时，这个男人只顾“嗨皮”，不去跟着你，此人不可交。（娱乐场所为是非之地，那里喝醉失态的人颇多，有责任感的人会时刻警惕你的安危。）

3.晚上拒接电话，白天把手机时刻装在兜里，接听时迅速走出你的耳力范围，或者将手机调成静音甚至关机，远离他。（当然这些细节偶尔发生时，我们不该妄下结论，但频率很高时，必有蹊跷。）

4.一起去市场买东西，卖主要价他爽快付钱，此人不可交。（这种人要么是向你摆阔气，要么就是大手大脚之人。所买之物要有还价的必要，若本身就是薄利多销的商品自然不必讲价。）

5.如果多次与他的朋友一起出行，总是人家花钱买单，他却享受得心安理得，此人不可交。（别人请客三次，你至少该回馈一次吧。不是斤斤计较，这叫礼尚往来，不懂这点，路会越走越窄。）

6.平日里喜欢炫耀，不能自觉地遵守法纪规章，此人不可交。（这种人多半成不了大气候，何况一个人对自身言行不能很好地约束，必然会捅下大娄子，自身都难保，拿什么来保障你的幸福。）

7.借机偷看你的手机或随身物品，此人不可交。（千万别把这种行为曲解为是对你的在乎。这种鬼祟一般的小肚鸡肠之人，连对人最起码的尊重与信任都不具备。）

8.一起参与他生活圈里的活动时，多用心察言观色他朋友的言行举止。（物以类聚，人以群分。要了解一个人，看看他身边的朋友就能推断个十有八九，当然有极少数狐朋狗友可忽略不计。）

9.恋爱期间以各种理由来掩饰，向你借钱，让此人有多远滚多远。（这种人一定是女娲在造人时不小心遗漏下的渣滓，当然我们也不能向男友借钱，手头宽裕就多花，不宽裕就少花。）

10.要断定一个男人的品行，最好从他的母亲入手。（人的启蒙教育尤为重要，大多家庭是男主外女主内，一个人的品行习惯易受母亲的言传身教，受父亲影响较少，当然也有少数特例除外。）

在此，只是列举点滴，这样的例子无处不在，只要用心观察，足以反映大问题，再深刻化，就可见其人品。

须交有道之人，莫交无义之友。当然人无完人，非本质的琐细瑕疵我们应该包容，只要大方向不脱离轨道即可。尤为重要的一点是志同道合，前提是“志与道”都是正面的，而非同流合污地苟且败坏。若是二人能有不谋而合的世界观、人生观、价值观，那就再完美不过了。

19.我要的幸福模样

在寺庙抽了支婚姻签，解签的大爷问，你想要找个什么样的对象呢？时常有人问到这个问题，我依然像往日一样笑而不语。今日有雅兴，便在此一叙。

我在心里一直偷偷勾勒着这样一个男人：身高175cm以上，体型稍胖些，长相顺眼便好（脸蛋儿过于标志，难免让人提心吊胆）。人品是第一，脾气更重要（我性子刚烈，你最好随和点儿）。当然，一定要是一只潜力股。

你可以不养我，但一定要养家。

我可以在外面受苦，但绝不能在你面前受气。

不要与我冷战，你肯定熬不过我，我宁可断也不会弯，如果服软了，那就是断了，断了也就是超度了。

你要在下班后火速往家赶，进门先抱抱我，再去做其他事情，这样我会觉得你每天都是爱我的。

你要偶尔帮忙做点儿家务，哪怕只会添乱，我在意的是共同参与的快乐，当然也要懂得珍惜我的劳动成果。

你要记住每一个重要的节日，时常给我点儿小惊喜。（我会努力做好自己，让你觉得为我做什么都值。）

你要做事掂量自己的家底，最好在自身专业领域内筹谋。（如果有100元，最多拿80元去投资，我想睡个安稳觉。）

不要在白T恤衫上印上红嘴唇，毛呢外套上粘着长头发，还说你在应酬。（我内心很丰富，你提供一个词，我就能想出长篇大论来。）

如果你遇到困难，我看见了一定会尽己所能，但千万别开口要我想办法。（我看不起向女人求助的男人。）

希望你低调本真去做人，得到他人发自内心的好评。（我反感开口就是公检法咱有人，遇事却狗屁不通。）

如果我做了煳饭，你也要装得大呼好吃，趁我不注意时偷偷倒掉。（我会故意给你留下作弊的空间。）

如果我做了错事，只要不是本质问题，请不要发火，我吃软不吃硬，你硬了我就与你杠上了，你软了我也就化了。

休息日我们要宅在一起，哪怕是嗑着瓜子看一部垃圾电影，捎带闲聊不着边际的话题。（我是个平凡女子，极度渴望你能多陪我在家。）

一起出行时，若是碰到熟人，你一定要拥着我的肩，说这是我老婆。（这样我会觉得嫁给你是最幸福的事。）

偶尔懒觉睡到自然醒，一起去父母那儿蹭个饭，父母若是唠叨了，你就笑着拉着我逃掉吧。

你最好博学多识，再尖锐的话题也能温柔表达，再赤裸的事情也能包裹美化。我们之间会有好多暗号，就算人山人海，也不影响内心的对白。

我们的孩子，不管是男是女，都叫“逸之”吧。“逸”通“易”，“之”没有实意。我只想让他生活得简单快乐，别像我啦。

如果有一天，我失魂落魄地走在街上，拨通电话说找不到家了，你要很着急地大喊：“笨蛋，回家的路怎么会找不到呢，站着别动，我这就去找你！”我发现你焦急的背影，还会多藏一会儿啦。（我骨子里带点儿恶作剧）

请不要指责我过于天真，给块自留地，让我自主开垦，相信会有人产生共鸣，愿意彼此尊重，你敬我一尺，我敬你一丈。

20.浅谈成熟

人生，每一天都是走向成熟的一个过程。

1.当你学会对家人报喜不报忧，拿到工资第一时间想到给至亲的人买点儿礼物，你刚刚向成熟起步。

2.当你学会容纳旁人无心的失误，牢记人无完人，给他人机会也等于为自身拓路，迈向成熟的方向是对的。

3.当你学会有选择地交朋友，懂得小人不能得罪，知己要倍加珍惜，你已经为走向成熟打下了良好的基础。

4.当你明白人渣就像狗，是狗终难改吃屎，不再给他创造伤害你的机会，才能缩短走向成熟的时间。

5.当你懂得掂量家底谨慎做事，超出能力也不去求人，而选择再度开发自己的潜力，为你喝彩，但只给五分。

6.当你做到群处守嘴，领悟言多必失，深知沉默是金，那么再强大的对手也找不到你的致命点，绝不会轻易出手。

7.当你面对天大的事都能处事不惊，必能思虑周全，那么摆平一切困境，只是时间上的问题罢了。

8.当你好比液体，随着容器定型，做一条在弹力范围内伸缩自如的橡皮筋，那么你已修炼到八成火候。

9.当你可以透过眼睛，看穿对方欲望，做事达到八面玲珑，再难缠的人也能搞定，真功夫已达九成。

10.成熟的最高境界是遇见曾差点儿要了自己性命的仇人，目睹爱得死去活来的恋人相拥着另一异性，还能异常平静，似乎大家只是在碰面的一刻才认识，不，不是似乎，绝对是初识，就可以下山了。

21.萍水相逢

初到鄂尔多斯的第一印象是环境特别干净，干净得就像我在这座城市的处境，一无亲人，二无好友，孤身一人体会冷暖。

我在一个露天煤矿承包了一个土方剥离工程，白天上工地，晚上回酒店，往返都要经过一个十字路口。

记得初次在那个路口等待信号灯时，我低头看手机，余光瞄见有一只手正在擦拭我的后视镜，抬头一看，是一张饱经沧桑的脸，他一只袖子空荡荡的随风轻摆，另一只捏着抹布的手还停留在车上，脸上挂着一丝憨厚略带歉意的微笑。我降下车窗，递出去一块钱，老人感激地向我抱拳一拜，转身走向下一辆车。我对老人瞬间肃然起敬，尤其是那诚恳的乞讨方式让人过目不忘。

国家提倡献爱心，恰也滋长了部分人得寸进尺的德行。我见过不少乞丐在十字路口讨钱的情景，好像天下人都欠他似的，拳头“咚咚咚”地敲打车窗，催命一样让人来不及去找零钱，要是给个几毛钱，直接甩地上，现场骂骂咧咧地诅咒你祖宗十八代不得安生，更可怕的是分明看见你已经启动车子，却还是不要命地冲过来，害得人踩住刹车还两腿发软。

我每次经过路口，看见老人走过来，不等他伸手擦拭后视镜，就主动将一块钱递出去。久而久之，发现老人偶尔会避开我的车。一次，我与前车距离较远，便向前溜了一截，趁着靠近老人时，赶忙伸手递出去一块钱，老人摆手和蔼地说：“孩子，你每天路过这儿两次，给我一次钱就足够了。”

“我在这儿是异客，看见您就感觉还有个熟人，算是心理慰藉吧，您不必多想。”我说的绝对是一句良心话。

“善人会得到善报的！”老人慈祥的脸笑开了花儿。闲聊几句，得知我们都姓马，我便称老人马叔，这是我们相识两个月以来的初次对话。自此，老人不再躲闪，一见我就像亲人一样迎上来，时常会塞给我一些炒米、奶酪，笑着叮嘱：“孩子，你太瘦了，要多吃点儿才好。”我偶尔也会给他递去各种零食。

一次，我刚起步，老人叫唤着不断招手，那表情似乎很急切，却没听清在说什么，后面紧跟着一行车，我只得打开双闪，过了路口才靠边停下。老人已经一瘸一拐地追上来，指着我车子后轮，上气不接下气地说："轮胎扎上钉子了，钉帽还露在外面，你一走开，我才看到。"我本想说知道轮胎被扎，是不得空去补，却见老人一脸关切，便改口："我这就去补胎。"

端午节那天，煤矿会计提了一袋粽子分给工地上的外乡人，我也拿到两个，我打开正想去吃，突然想起马叔孤身一人，一定吃不到这个，便将粽子包好，装回袋里，开车回酒店。临到那个路口时，远远就见马叔站在那儿不时张望，我停车，马叔从怀里掏出个袋子，欣喜地说："邻居给了我两个粽子，我想着你肯定爱吃，便带来了，我一直捂在怀里，还热乎呢，你赶紧吃吧！"我执意与马叔互换粽子才肯离去。

一个夜晚，司机打电话说车队被村民围堵了，我穿好衣服忙赶去现场。工地进出必须经过一个村口的一段道路，当初开工时，我们一次性给了村委会一笔钱，买到了这段路的行驶权，但中途时有恶意挑事的村民拦车找茬儿，我想着自己是外地人，多一事不如少一事，况且这些人几十块钱就打发了，实在犯不着多费口舌，但后来这些人变本加厉，开始成百上千地索要，让人气愤得很。好在我们的车队一般不出工地，只有在维修或加油时才会经过村口，我嘱咐司机们选择在晚上进出这段路。

村民估计好久不见车队，下了一番功夫，终于在夜晚等到了我们，于是便狮子大张口，要求放下五万块钱，否则车辆都要被拦截在道路上。我出面要求先放行车辆，明天一早在村委会商量解决此事，一个中年男人居然带头直接睡到车前，扬言想离开就从他身上碾过去。

我在路边给村委会连拨数次电话，始终无人接听，忽听一阵破口大骂："你们都成土匪了，各个有手有脚，干什么不好，非在自家村庄给祖先丢人现眼，我今天搭上这条老命，看你们谁敢动我侄女一根头发！"我匆忙挂断电话，打开手机电筒，只见一位老人挥舞着手里的拐杖，猛戳躺在地上的那几个人，他们抱着脑袋爬起来，七嘴八舌地说："马四爷，我们真不知是你亲戚。"

"那今天这事儿就算了吧！老马，她真是你侄女啊？"这时，一个小伙子大声说："我见过这女的在村委会签合同，她真的姓马。"

"她是我的亲侄女，你们再无端生事，就看我的拐杖依不依！”老人用拐杖恨恨地敲打着地面。我愣了半天，都不敢相信面前这位老人就是每天站在十字路口的马叔。

村民散去，我打发走车队，跟着马叔进了一间破旧的屋子，原来他是这个村的村民，方才乞讨回来，路过村口，正巧遇见我们被困，他得知原委后就做出了那番举动。

后来，我雇用马叔负责管理车队，并护送车队进出村口，再也无人从中作梗。我说马叔是我的命中贵人，他说我是他的命中恩人。

22.我与杨君

我有相当一段时间过着画地为牢的日子，除家人以外，无人能够联络到我，几乎处于封闭状态。我整日趴在电脑前敲字，将写好的内容发表到贴吧或论坛，和我一样热恋文字的人还有很多，大家都在一个QQ群里，时常相互点评文章，偶尔也会扯上一半句家常话。杨君是群主，时常与我私聊，久而久之，我们无话不谈。杨君才华横溢，更重要的是他身上有与我一样的孤傲。

杨君说自己在渭南市合阳镇林业局上班，他给我留过一次他的身份证号码与办公室电话，我压根儿没有保存，因为他当时是让我调查落实他的身份，好踏实与他交流。我想着一不结亲，二无交易，何必记个号码占内存。还有一次，我开玩笑说要举报杨君，他当即发了个号码说打这个举报有奖，我直觉判断那是他的手机号，也便当即清空了聊天记录。杨君第三次留电话是……哈哈，没有第三次了。当然，杨君也向我要过电话，我说等哪天我会主动告诉他，他后来再也没问，我也一直没给，我们之间唯一的联系方式始终是QQ。

这种相处一直持续到某天，杨君突然给我发了一段示爱文字，言语简练却真挚感人，可转念一想，对于我们这群人而言，写一份情书就是信手拈来的事儿，万一他只是一时兴起，开个玩笑呢，于是就一直没有回复。

那天以后，杨君不再找我说话，我更不可能主动，只是忍不住去他的空间看是否有更新。不知过了多久，杨君给我一条动态点了个赞，我欣喜了半天，并警告自己一定要沉住气。又隔了几天，我上传了一组照片，几秒后，杨君评论了一句："最近貌似过得很不错？"我的回语是："活蹦乱跳的，一时半会儿死不了。"杨君没有在空间继续回复，而是把内容直接打在聊天窗口，我们乱七八糟说了很多，但谁也没提那段示爱文字。

有一天，杨君说："心口莫名疼得不行！"

我问："怎么了？"

他说："给你留了手机号，从天亮等到天黑，从初一等到三十，几个月过去，你却从未打过一个电话。"

我停顿了数分钟，敲过去一行字："我怕打过去电话，你恰好正在开会或在开车。"

他迅速回复："你要是来电话，若开会我会走出会场，若开车我会停靠路边，总之会在第一时间接听或回拨。"

我抱怨："为什么不早一点儿告诉我有如此待遇？"

他答："你那么聪明的女孩，怎能领悟不到这点！"我本想说从未保存过那个手机号码，又觉不妥，反复编辑，接连删除，最终什么也没发送。

杨君的空间人气很高，随便发布个什么，数分钟就评论满天飞，每次看到他零点以后的更新，我就不由心疼他又熬夜了，目睹他与异性调侃，心也跟着莫名刺痛。我逐渐注意到他的每条动态下面几乎都有那么几个固定的女人留言，我不由得去点击查看她们，貌不出众的就直接抛开，略有几分姿色的就继续搜捕，直至翻到某张照片或某段语言，证实是已婚状态才放过。一次，我在空间看到杨君上传的一组个人照片，作为背景的办公桌上放着好几个药瓶，我尽量放大图片还是看不清上面的字迹，好想问他一句"哪儿不舒服"，又感觉显得自己多情。

我与杨君的聊天一直是声东击西，含糊不清的字句里总是折射着暗语，唯恐谁的话语说得直接了就会被笑话是自作多情。我被困在一种虚无缥缈的感觉里，时常独自对着一片枫林发呆，天气渐冷，树叶越来越稀疏，真怕一夜北风吹过，红叶会一片不留，那我的思念又将寄托给谁?

我的心开始昼夜煎熬，最终决定去看看日思夜想的人究竟生活在怎样一个地方。到了合阳，突然意识到自己的行为好冒失，开始纠结要不要告诉杨君，如何告诉，思来想去却没有勇气开口。

曾无数次幻想这座小城的样貌，此刻就真实地呈现在眼前，我走马观花地游览了处女泉、夏阳瀵，只觉美景与心情实在不搭，便回了酒店。晚上与杨君在QQ上聊天，我说人在异地时，距离就像地图比例尺，突然同城了，反倒感觉好遥远。他问为何突然冒出这么一句，我说只是大脑里设想了一下那样的情景，他说“还以为你到合阳了”，我说我在家，有些困了，晚安。

清晨一睁眼，只见床上一切都整整齐齐，没有一点儿褶皱，才发现自己蜷缩在房间的沙发上，没有了睡意，那就出去闲逛，别辜负了此番折腾。合阳是个弹丸之地,我用半天的时间就走遍了大街小巷，脑海里将杨君置于各种画面：解放路林业局有你多少徘徊的脚步；你有没有带伊人进过北大街的妇幼保健医院；你一定也大吃过北环路水盆羊肉与风情街潘家大院的佳肴吧。呵呵，不必回复，其实我并不想知道答案。

我漫无目的地走着，下意识地去注视车辆与行人，怎就不见一个认识的车牌或熟悉的面孔，恍然醒悟自己是在异地，不由潸然泪下。秋风飒飒，肆意卷起我的风衣，我开始问自己，到底来这里干吗？天气开始由晴转阴，有意无意地渲染着心情，最后索性下起了雨，下雨天是留客天，我却一刻也不想多留。相隔千里，我在梦里常能遇到杨君，此刻，同在一座小城，却完全没有一丝想见的欲望。

列车开动时，我给杨君发了数张合阳的照片，他噼里啪啦地打过来一连串字："来了，为何不见？既然走了，又何必要让我知道你来过？昨晚聊天我就有种预感，你可能在合阳，原来一切都在玩笑中真实地存在过！"我没有再回复，隔了片刻，看见他的空间发布了一段话：我要是死了，你不必伤怀，因为我爱这片黄土。不知出于什么心理，面对他动容的反应，我却萌发出几分窃喜，原来这段情，不是我一个人在张望，还有一个人在守候。

次日，杨君问我在哪儿，我说在西安，他不再言语，我也不去理会，只顾收拾行李准备去机场。两小时后，杨君说他到了西安，一起吃个饭，我对着登机牌拍了张照片给他发过去，说下次再见。杨君回复：本来想突袭西安，给你个意外，但此刻才明白，你来合阳正如三毛当年到西安，只是完成一次心灵旅行，既然如此，那我就回去了。

杨君发布一组西安的景点照片儿，配文：人在咫尺，心隔天涯。飞机起飞，我知道“咫尺”已是渐行渐远，“天涯”正在越来越近。

23.是劫还是福

叶子提着一袋子东西刚从超市出来，就被杨阳洋挡住了去路。

“终于等到你了，一起吃个饭呗！”杨阳洋诚恳地邀请。

“认错人了吧？”叶子本能地后退。

“你不记得我了？十多天前，就在这家超市，你替我垫付过26元钱。”杨阳洋急切地提醒。

“哦！有这回事儿，当时没注意那人的相貌，原来是你。”叶子松了口气。

十多天前，叶子推着购物车在超市出口处等候买单，排在她前面的杨阳洋挑选的东西都扫了条码，一摸兜才意识到没带钱，他窘迫地立在那儿，叶子见状便笑着对收银员说：“东西给他，我来买单。”杨阳洋接过东西，傻呆呆地望着叶子离去，居然忘了要个电话，忘了说声“谢谢”。他凭借记忆推断，叶子当时买了不少生活用品和一些水果，断定她应该就住在附近，于是接下来一连数天就蹲在超市门口守株待兔，总算等到了。

叶子实在拗不过杨阳洋的死缠滥打，无奈地上了他的车。临到一个十字路口时，恰好绿灯亮了，杨阳洋却缓慢地踩住了刹车，叶子好奇地望着他不知他究竟要干吗。杨阳洋目光迷离，慌乱地避开她，这时红灯亮起，他松开刹车，一加油，车子驶过了路口。正是盛夏午睡时间，路口也没几辆车，这才幸而安全通过。

“咋回事？你怎么绿灯停，红灯行？”叶子生气地喊道，“靠边停车！”

“对不起，不知为何，你坐在一旁，我特别紧张。”杨阳洋靠边停车，结结巴巴地说。

“我要回家了，坐你的车太危险了！”叶子拉开车门跳了下去。

杨阳洋抢先一步，绕过车头，张开双臂：“要不你开车吧，但请不要走。”

杨阳洋换到副驾，偷瞄着叶子，见她一手搭在腿上，一手悠闲地握着方向盘，那娴熟的动作又平添几分优雅，这是他迄今见过的最有气场的女孩。

红磨坊餐厅，叶子嘴里嚼着食物，望着窗外若有所思，杨阳洋在她眼里就是个透明体。

“洋洋也在这儿啊！”一个小伙儿笑呵呵地走过来。

“好巧，坐一起吧。”杨阳洋几乎是把小伙儿按到座位上。这种情形，一般人极其不情愿被别人打扰，但他与叶子独处就显得格外不自在，尤其面对面坐着，不知该把双手放在哪儿，目光停留在哪儿，所以多个人对他而言不是充当电灯泡儿，而是救兵，至少可以不让气氛过于冷场。

“这是我同学李子冉。”杨阳洋介绍道。

叶子淡然一笑，算是打过招呼。半小时后，三人走出饭店，李子冉从车的后备厢抱出几个西瓜、两袋香瓜放到杨阳洋车上，说是刚从老家大棚里摘的，随即便离开了。

叶子到小区门口时，杨阳洋执意要送她两个西瓜、一袋香瓜，再三说是本地自产的瓜果，特甜，任凭叶子怎么推辞，都不能说服这个一根筋的男孩。考虑到东西分量太重，杨阳洋坚持帮忙送到电梯里。分开时，他向叶子要手机号被拒绝，理由是从不给陌生人联系方式。

两天后，门铃响起，叶子从猫眼一看，杨阳洋站在门外。她打开门吃惊地问：“你怎么知道我家门牌？”

“那天送你进了电梯，看见电梯停靠在16层，这是一梯两户，我也不确定你住在哪边，就冒昧打扰碰运气了。”杨阳洋解释道。

“你这样会让人觉得背后有两只眼睛。”叶子气愤地将门关上。

杨阳洋再一次按门铃，叶子开门阴沉着脸，“你到底要咋样？”

“别生气，吃点儿柚子泻火。”杨阳洋趁势将柚子塞进门里。

“你又是如何知道我爱吃柚子的？”叶子警觉起来。

“超市两次碰面，你都买了柚子。”杨阳洋说完转身进了电梯。

之后，杨阳洋隔三岔五来送小吃或是水果，叶子多次劝说甚至警告别再打扰，杨阳洋依然只是放下东西就走人。

一天，杨阳洋送来一兜凉菜，正欲离开，叶子说：“你到地下室电梯口等我。”

叶子换好衣服，下了地下室就逼问杨阳洋：“为什么总是送东西？这样会让我很不安。”

“我喜欢上你了！”杨阳洋低着头飞快地说。

“我还没有从上一段感情中走出来，暂时没有恋爱的心情。”叶子的表情比声音还冷。

“这么说，你是单身，太好了！”杨阳洋高兴得差点儿飞起来，“你知道吗？我一直想问你的个人现状，又好怕听到你说自己已婚。”

叶子看着眼前这个憨乎乎的大男孩，至少在几秒钟之内有些触动。

杨阳洋的电话响起，他接通后只说了几个字：“过会儿给你回话。”

“我几个朋友在户外烧烤，你要不要一起去？”杨阳洋的眼里满是期待。

叶子低头认真地系好鞋带，起身才说了句：“我好久没去户外了。”

“那我们先去买一些食物，他们说东西都买好了，但我不知是否有你爱吃的。”杨阳洋兴奋地直接朝着地下室出口奔去，跑出去一大段又折回来，窃喜地溜在叶子后面跟着。

“既然你朋友都准备好了，我们就直接过去吧，我只是想去户外走走。”叶子似乎不会笑，表情里渗透着一股寒气。

出了地下室，杨阳洋把遥控递给叶子：“以后在一起时，你开车。”

杨阳洋陶醉地看着叶子自如地操控着方向盘，感觉是何等惬意的享受。

方向盘虽在叶子手里，但必须听杨阳洋指路前行。他们经过几个村庄，在田园人家饭店门口停车，沿着一条长长的堤坝步行，远观河边有一块树荫覆盖的空地，男女三五成群地说笑嬉闹，再走近时，有几个年轻人向他们挥手叫唤。

杨阳洋介绍过同伴们，指着叶子时，面露几分难为情，从牙缝里强挤出一句：“这是我一个朋友。”众人倒也没有故意刁难，只顾热情地招呼入座。

叶子这才注意到沙地上铺着一块床单，一群人赤脚裸臂地围坐成一团，中央摆放着一些烤串儿与啤酒饮料，她犹豫地定在那儿。杨阳洋一把脱掉身上的衬衣，折叠好放在床单上，笑嘻嘻地说：“坐我衣服上！”

“没发现洋洋这么会疼人！”一个女孩说着顺手轻拍了下旁边一男孩的肩膀，“你学着点儿。”

一群人开始不安分了，你掐我踢扭打成一堆。一阵微风吹过，沙粒趁机爬上床单，叶子最终没有坐下去，转身走向河边，杨阳洋紧随其后。

坐在木炭炉边烤肉的二喜子站起身，举着一把鸡翅走过去，抽出一只递到叶子面前。不等叶子伸手，杨阳洋先接了过去，他从兜里掏出一包儿纸巾，抽出一张，将露在外面的铁签仔细擦拭后，才把鸡翅拔出放在一次性纸盘里，又找来一次性手套一并递给叶子，她微笑着摆手："我不想吃，辛苦你了。"

杨阳洋立在原地，吃也不是，扔也不是，过了好久，他说："你若是不想在这里，咱们可以先撤。"

"那还是走吧。"叶子说着已经大步走向堤坝了。

返回途中，叶子只说了一句话："抱歉，让你扫兴了。"任凭杨阳洋有意无意如何挑起话题，她或摇头或一笑了之。杨阳洋猜不透叶子心里在想什么，但感觉这个女孩有几分洁癖，似乎也不太喜欢热闹。

一天，杨阳洋与叶子在一个加油站偶遇，他说镇川黑龙潭正逢庙会，一起去看戏吧。镇川是一个镇子，麻雀虽小，五脏俱全，那里有个批发市场，据说只有你想不到的，没有那里不卖的。叶子一直听说镇川号称"陕北小香港"，但终究无缘一见，此刻机会就摆在眼前。好，说走就走。

直奔镇川，叶子火速蔓延的激动心情就在踏进批发市场大门的那刻终止了沸腾，完全不是她大脑里的画面，只见数十排简易活动房孤零零地立在那儿，有少一半卷闸门拉得严严实实，上面贴着出租或转让的字样，进出的流动人数估计还没有店面的老板商贩多，一连经过的好几个下水口沟都是臭气熏天。街道有很多石板已经松动，踩上去摇摇晃晃的，所卖的东西也只能与地摊货划归为一个档次。时代造就英雄，数十年前，这里曾车水马龙。

一到黑龙潭停车场，敲锣打鼓夹杂着戏曲声弥漫在上空，叶子果然与杨阳洋所揣测的一致，不喜欢热闹，她都没有向戏台望一眼，挑选人流稀少的地方绕过去，径自往后面走，直到一条陡峭的条石台阶铺成的路挡在眼前，她都没有犹豫，一手扶着石栏，低头看着脚尖，一步一步向上攀，就在脚下出现一条蜿蜒的石子小路时，她才抬头缓口气，发现自己站在一个亭子下面，回身俯视，黑龙潭全景宛如一个缩写的镜头。

叶子似乎没有要停步的意思，一直前行。小路的尽头有一个三层瞭望塔，她径自爬上顶端，这才安定下来。她望着对面的山头，有种想飞过去的冲动，人性本就是站在这山看见那山还要高。

微风如同一把梳子，轻柔地划过叶子的长发，她曼妙的身姿包裹在连衣裙里，线条轮廓尽显优美。杨阳洋站在叶子身后，思维还在蠢蠢欲动，双臂却捷足先登，一把拦腰抱住她。叶子打个冷战，闪电般推开杨阳洋，眼睛里几乎能喷出火焰来，一秒，两秒，三秒，她猛一转身好似一股龙卷风，绕着楼梯飞快地下了瞭望塔。那一刻，她才知道自己是如此反感陌生人的触碰，原来心里住着一个人，根本无法开始下一段情。

一路上，两人都沉默不语，杨阳洋不敢说话，叶子不想说话。

到了小区大门口，叶子习惯走地下停车场的电梯上楼，这条线路几乎不会碰到人，对，她不喜欢热闹，甚至讨厌与人擦肩而过。杨阳洋就跟在身后，不远不近。

眼看叶子要进入电梯，杨阳洋“咚”的一声，膝盖落地，眼圈红红的，似乎噙着泪花儿：“初次遇见你，我整个人就沦陷了，所以那一抱，真是情不自禁，绝无恶意。原谅我一次，以后再也不敢碰你了！别走，好吗？”叶子转身使劲儿去拉杨阳洋的胳膊，他跪在地上纹丝不动，那分量似乎超出正常体重，她气愤地说：“男儿膝下有黄金，你这一跪只会适得其反。”他乞求得到原谅才肯起来，叶子最看不起男人下跪，哪怕是以“爱得太深”的名义。

一道灯光在地下室转弯处闪烁，有车子开过来，叶子可不想碰到认识的邻居，在此丢人现眼，何况在不知情的人眼里还以为她多么心狠手辣，把一个男孩如此踩在脚底。叶子决绝转身走向电梯，叮嘱自己不能回头，借此机会正好分手，不，都没有牵手，何来分手，准确地说是彻底甩开杨阳洋的纠缠。

杨阳洋除了休息时间，几乎时刻徘徊在叶子住宅的小区门口，即便得不到原谅，远远看她一眼也能缓冲独自想念的煎熬。

阳光妩媚的下午，叶子拽着哥哥的胳膊从外面回来，兄妹二人不知在说什么，她就像一朵烂漫的野山花儿，洋溢着活力四射的光彩。杨阳洋从未见叶子如此开怀地笑过，忽有一句话飘进耳朵："我还没有从上一段感情中走出来，暂时没有恋爱的心情。"他想叶子身边这个男人一定就是前男友，他们一定是重归于好了，只觉得眼睛被刺得好痛，不，是心被刺得好痛。

杨阳洋昏昏沉沉地瘫坐在路边，掏出手机翻看着几张偷拍的叶子的背影照片，随即都清除了，他就像一只蛔虫，需要马上找一块肉来寄存生命。这时，夏薇雨的电话跳入眼帘，刚拨出去就接通了，"我们结婚吧！"夏薇雨死心塌地追求杨阳洋四年，幸福果真来得太突然，两人莫名其妙地登记领证了。

杨阳洋再也没有去打扰叶子，叶子就是他命中的一个劫数，只是这个劫以一个暖心的方式开始，来得突然，去得匆匆。一年后杨阳洋已是奶爸，对现有的家庭很是满意，他开始认为叶子就是命中的一颗福星，是她把他推向幸福的大门。

24.蜕变

早晨，经过村口时，我正低头看手机，忽然听到一个清亮的女人声音："小马，什么时候回来的？好些年没见你了，不忙的话到我家来坐坐。"

我抬头，一位双手沾满面粉的中年妇女，端着一个夜壶站在茅厕旁边，再仔细看，蓬乱的长发笼罩着黝黑发紫的面颊，一身红色保暖内衣紧裹着臃肿的身体，挤出数十个游泳圈，脚下本是一双软质皮鞋，却被踩平后跟帮面儿，当作拖鞋来穿。我依据记忆里女人的长相，加上她一口流利的普通话，非常确定她就是林嘉美。

"我刚扫墓回来，一会儿就走。"我停下脚步，笑着回答。

“来吧，到我家里坐会儿，你家谁也不在村上住，你进门连口热水也没有。”林嘉美放下夜壶，便拽着我朝她家里走去。

进了大门，小院别有一番韵味，水泥硬化地面有四五处砖块儿围成的土坑，里面种有果树，角落拴着一条大黄狗，窗台边上趴着一只花猫正在懒睡，房檐下还挂着好多串儿红辣椒。

掀起门帘，我被挂在墙上的几幅十字绣吸引了过去。林嘉美从厨房端出一盘水果，笑着说：“闲暇之余跟着村里的媳妇们学着做的，乍一看还行，细看就暴露针线水平了。”我忙接过话茬儿：“你的功底非常好了，我连衣扣掉了都缝不上呢！”

环顾室内，除了有些凌乱，可谓应有尽有。

一切仿佛就在昨天，林嘉美结婚那天，好几个村庄的男女老少把洞房围了个水泄不通。林嘉美本是上海人，一嫁过来，就被誉为方圆百里第一美人，也是全村唯一的大学生。她极标致的容貌，婀娜的身段，潮流的装扮，高雅的气质，仿佛就是从画儿里走出来的人，让一帮乡巴佬儿垂涎三尺却又敬而远之。

林嘉美是高门大户走出来的女子，当年被曹潘良以三寸不烂之舌哄得神魂颠倒，不顾家人反对，义无反顾地嫁到这个偏僻之乡最困难的一户人家。她习惯了冬有地暖，夏有空调，起床随便裹件睡衣，坐在阳台，听着音乐，摇曳着手中红酒杯的居家生活，一时根本无法接受取暖靠火炉，酷暑扇着纸片到手软都不能入睡，没有24小时的开水供喝，没有舒适的淋浴供洗，解手要跑到低矮的茅坑，起身出来时被一群苍蝇绕来绕去，挥赶不散。

新婚宴尔，林嘉美就一哭二闹三上吊非要离婚，任凭谁来劝解都无济于事，就在这时，她怀孕了，这个事实把她推向崩溃的边缘，如同活死人一般昏睡了数日后，她开始逐渐尝试适应现状。

林嘉美生下一女儿，变得少言寡语，但再也没有提过离婚的事。时隔一年，她又生下一个大胖小子，重心完全落在照顾一双儿女身上。

几年后的林嘉美已经全然入乡随俗，与村民打成一片，还被评选为妇联主任，并先后带动百姓养殖、造林、大棚培花种菜，她隐藏了上海女人的小资情调，尽显一副陕北汉子的雷厉风行，赢得镇政府领导无数次的嘉奖与赞誉。

25.我是爱你的

顺风驾校科目二练车场地，二十多辆白色普桑像蜗牛一样在各项科目的线内蠕动，发出吱吱嘎嘎的机器磨合声响，学员们大概二十人一个小组，分散坐在几张四方帐篷底下的马扎凳上，闲聊的，吃东西的，打牌的，一个个优哉游哉。

四号车小组相当抢镜，牛教练坐在正中央的一把折叠椅子上，跷着二郎腿，夹着一支卡其色的粗棒香烟，学员们簇拥着围坐成一个圆圈，只见他一手举着一个驾驶本，另一手指着初次领证日期，脸上写满了嘚瑟，“我的驾龄都超过大家的年龄了，说说，你们哪一个超过40岁了？”说完还不忘环视一圈学员的面孔，那姿态仿佛是孙悟空对着花果山的一群毛猴子在炫耀。

“牛教练好！我报名已经两年了，中间由于个人问题耽搁了，驾校安排我跟着这批考生，在四号组里练车。”师雅婷头戴粉色遮阳帽，一身收腰连衣裙，搭配一双细跟鞋，手里提着一只咖色皮包，笔挺地立在帐篷外面。

“你不知道练车不允许穿裙子与高跟鞋吗？”牛教练一脸严肃。

“刚才从一个朋友家出发过来的，就没来得及换衣服，不过我包儿里装运动鞋了。”师雅婷态度非常端正。

“之前跟着驾校练过车吗？”牛教练再问。

“从未练过车，报名考过科目一，就怀孕了，生了娃，这前前后后一晃就两年过去了，再不考就要到期了！”师雅婷笑起来露出一对儿迷人的酒窝儿。

“侧方停车、直角转弯、半坡起步、S弯，都已经教过了，今天开始练习倒库，你一点儿基础也没有，根本跟不上大家，况且这么多学员，每天每人轮流上车练习也就两三次，建议你还是等下班了，自己租车练习来赶进度吧！”牛教练掐灭烟头。

“那我今天下午就开始租车，您有空教我吗？”师雅婷问。

“你租我的班，我就有空，一天就干这事嘛！”牛教练刚仰头喝完最后一口水，师雅婷忙接过保温杯说道：“我去给您倒水。”

师雅婷在门房的小卖部倒满水，买了一包儿苏烟，装进包儿里，迅速小跑回到四号组。学员们依次练车，一圈转了过来，轮到师雅婷上去，牛教练也跟着坐上副驾，居然发现她连离合器、刹车片、油门踏板都分不清，顿时头大了。

临到下班时间，学员已基本走了，只剩下被租的三辆普桑留在场地上。

牛教练指挥师雅婷一会儿上车一会儿下车，去观察各项科目需要注意的每一个点与每一条线，两个小时下来，师雅婷竟然把各个点与线彻底混为一谈，牛教练气得吹胡子瞪眼。师雅婷忙从包儿里掏出那盒苏烟塞过去，他才缓和了气氛，“咱们太心急了，一天学习的东西太多，难免出现混淆，只是距离考试只剩下十天时间了，必须加强练习。”

“嗯，我一定会用心努力的。”师雅婷表露出来的都是紧张与胆怯。

天色已晚，租车时间也到了，师雅婷小声说：“牛教练，这儿偏僻，不好打车，您能顺路捎我一程吗？只要进了市区就行。”

“可以，我要回高新区，你看哪儿方便就下车。”牛教练说。

车子驶出场地，两人沉默了一阵子，牛教练问：“你怎么不早些来练车？”

“家里孩子太小，又无人照应，我实在腾不出时间。”师雅婷说话时将头扭向车窗外。

“让你婆婆帮忙带娃呀！”牛教练说。

“唉，我离婚了！”师雅婷吞吞吐吐地说。

“那你现在独住？孩子谁给你带呢？”牛教练问。

“本来一直是自己带孩子，为了考驾照，昨天我妈才把孩子带回老家。”师雅婷回答。

说话间，车子进入了市区，师雅婷指着一块公交站牌，说：“谢谢牛教练，麻烦靠边停车，我就在这儿下去坐公交车。”

“我送你回家吧！”牛教练突然说。

“不用了，谢谢，公交车就经过我家门口，很方便的。”师雅婷有些受宠若惊。

“没事，我也不着急回家，我送你，你就说路线。”牛教练坚持。

在一条深巷尽头停车，师雅婷笑着说：“牛教练不忙的话，上去坐会儿。”

“也好！”牛教练似乎正在等待这句话。

独院二楼室内，牛教练坐在沙发上看电视，师雅婷端出一盘水果，又进入厨房开始忙乎。约有半小时，师雅婷炒了两个菜，取来一瓶红酒，一杯酒过后，二人便都没了起初的尴尬，已是谈笑风生。一瓶酒下肚，他们各自打起算盘。牛教练想着如何才能留宿在此，计上心头，全靠演技，他迷糊起双眼，瘫软地斜躺在沙发上，装模作样地打着颇有节奏感的呼噜。师雅婷已有两年没与男人共处一室了，她一直为丈夫出轨还主动提出离婚深感愤愤不平，总想寻求机会出口恶气，何况面前这个男人可以为她拿到驾照助一臂之力。

师雅婷扶牛教练到卧室的床上，为他盖好被子，正欲离开，忽有一股强大的力气将她揽入怀中，接着他又发出一本正经的呼噜声。见她并未反抗，他开始试探着去摸索她的肌肤，她先是一动未动，过会儿便忍不住发出娇喘，也去迎合亲吻，二人身体跟着交融。

练车场地上，其他车辆都已在按部就班地练习，唯有四号组学员眼巴巴地盯着大门，超过正常上班一个多小时，四号车才极速驶进场地，牛教练与师雅婷一起下车，面对学员们的各种眼神，他们极力营造出“此地无银三百两”的假象。起初，牛教练与师雅婷还想掩人耳目，但察觉到大家似乎早已心知肚明，索性也光明正大起来，他们白天在场地眉目传情，晚上缠绵得如胶似漆。

四号车每天载着牛教练与师雅婷一起上下班，即便偶尔提早赶到场地，也是给师雅婷一人开小灶，待到规定上班时间，才能轮到其他学员练习。

学员们都不去簇拥牛教练了，而是三五成群地待在各个角落，师雅婷可谓享尽独宠，可以坐在牛教练的折叠椅上，还能举起他的水杯饮上几口。

最后两天的模拟考试，牛教练监督考生驾车开过每一项科目，大多数学员都不同程度地出错，唯有师雅婷顺利过关。大家都拍马屁说，如果本组有一个考生通过，那一定是师雅婷，师雅婷更是喜形于色。

转眼就到考试了，多数学员乘坐驾校大巴来到考场外的一块空地排队等候，师雅婷坐着牛教练的车直接开进了考场，经过众人时，她的脑袋特意探出车窗，露出一抹春风得意的笑容，身价似乎一夜由宫女史无前例地晋升为皇后。

考场的电子屏幕不时变化着考生姓名，学员们一个个从考试车辆下来，答案都挂在脸上，兴高采烈的自然是合格了，垂头丧气的必然是挂科了。

师雅婷抱粗腿的事路人皆知，等她一上考试车，顺风驾校集体成员全程高度关注，结果第一次考试机会，还在第一项科目就车身出线，师雅婷被刷了下来。师雅婷阴沉着脸根据考试语音提示又上了另一辆考车。牛教练上前趴在车窗上，象征性地安慰几句便退出考试界线。师雅婷的车在众目睽睽之下通过两关，轮到半坡起步时，突然熄火了，但在几秒钟内，马达又启动了，刚刚起步忽又出现后溜，车速由慢及快，直接倾斜撞在一侧的水泥栏杆上，众人不约而同地发出“哦耶！”那一声声欢呼里99%是幸灾乐祸的成分。

师雅婷从车里下来，早已是泪人，那份委屈好似失去执掌后宫之权的皇后，落荒而逃地奔出大门，牛教练在过了数分钟后也悄然溜出去了。

普通考生在考试失败后，再过两三个月都难以预约成功，师雅婷却整日哭哭啼啼纠缠牛教练帮忙争取下次考试名额，果然是朝中有人好办事，她在十天后就又去考试了，不幸的是又一次以失败告终。师雅婷越来越不服气，只能对牛教练继续死缠滥打，十天后再一次去考试，依然以挂科收场。

连续三次未能通过考试，师雅婷的心情糟糕到极致，在家闷了好多天，决定去逛街缓解一下情绪。在佳美商厦，师雅婷与同一批的一个学员米奇相遇，二人聊起考试要领，提到每一项的参考点时，几乎都存在一定争议。

师雅婷拉着米奇去场地租了一辆普桑，实地操作时，都百分之百地将车子开进每一项线内。二人傻愣片刻，米奇让师雅婷重新上车，自己几乎是趴在地上，目不转睛地盯着车子移动，并不时命令停车，米奇用一根树枝贴着车身，垂直指向地面，终于发现轮胎虽未压线，但前后保险杠总是有点儿超出白色线条之外。

“你的参考点都有一定偏差，轮胎没压线，肉眼很难发现问题，但是考场上是红外线检测，一丁点儿都疏忽不得，你这属于车身出线。”米奇用多次实践证明了她的推断是正确的。

师雅婷恍然大悟，自己每次练车时，其他学员都躲得远远的，唯有牛教练在副驾监视，他不指出错误，就再无旁人会注意她的过失，只是牛教练四十多年的驾龄，带过的学员不计其数，什么状况没见过，怎么会不指出她的参考点出现偏差，而且她真就从未发现自己一错再错。

师雅婷若无其事地将牛教练约到家里，平静地问：“你说我一再考试失败，究竟是什么原因？”“你平时练习得挺好的，估计是一上考场就紧张导致出现失误吧！”牛教练一副道貌岸然的样子。

“事已至此，还要装作糊涂，是你故意教我参考点出现偏差，致使肉眼不能觉察到出错，却逃不脱精准的红外线监控。”师雅婷歇斯底里地怒喊。

“宝贝，都怪我太喜欢你，害怕你顺利拿到驾照就会离我而去，所以才想多留你一天是一天，实在对不住，但我真的爱你。”牛教练上前一步，想拥抱师雅婷，却不想一个大嘴巴甩在脸上，接着被连推带踹地驱逐出门。

牛教练拍打着房门，一遍遍申诉：“我是爱你的！”师雅婷如同打入冷宫的皇后，蜷缩在角落里，听着门外变态的声音，只觉得眼前的一切都充斥着嘲讽。

26.爱情与面包

与朋友闲聊，他说男人没钱什么也干不了，爱情没面包迟早会散场。对此，我赞成，如今这个世道，面对琳琅满目的面包，谁都有追求的权利，真不能批判谁对谁错。

爱情中面包固然重要，但我更提倡牢牢抓住爱情，一起去努力挣面包，钱不多时，啃一元钱的“毛毛虫”，宽裕了，一起享受“夹层汉堡”，面包的质量是其次，吃面包时的心情才是重点。曾有多少人为了追求面包的口感，舍弃了愿跑老远买玉米的“笨蛋”，而今天又甘愿丢下奢侈的面包，高价挽回当年丢失的爱情，殊不知“旧巢依然在，故人不再归”。

现在的女孩大都奔着车子、房子去了，可谁又能看清车房背后掩藏的贷款，且不说车房期贷，背后极有可能隐藏着大于车房价值N倍的外债。何况你看到的一切或许正是别人想让你看到的，一个城府颇深的人，你永远看不清真面目，所以唯有人品与能力才是最实用的保障。佼佼者固然人见人爱，但惦记的人也排成长队，自身必须时刻提高警惕捍卫，选择能够驾驭的人才是最重要的。当然，也有部分女孩不喜欢果酱、奶油过多的重口味面包，钟情于口味清淡的那一种，坚守宁缺毋滥。

作为女人，或有漂亮的容颜媚惑男人的眼，或有似水的柔情征服男人的心，或有精湛的厨艺拉拢男人的胃。总之，必须要有一技之长。切记，对男人实施霸王硬上弓，只会适得其反，他们在更多时候就像一个孩子，一哄就乖，而女人偶尔的无理取闹不过是想证实在对方心里的地位罢了。

没有精神碰撞的爱情犹如披着婚纱的骷髅，这样的婚姻充其量叫作“同居”，愿天下有情人爱情与面包兼得！

27.读同学日志随想

早晨，赶到办公室时离上班时间尚早，启动电脑，随意点开一个同学的QQ，空间有几百篇日志，我一篇一篇拜读，尘封的记忆一幕幕重播，我看到一个女孩从儿时的无邪到青春的迷茫，再到经历爱情与生活的磨炼后步入如今的沉稳。

她儿时记忆里有马灯、土炕、旱烟袋、千层底布鞋，这些东西那么真实，似乎又很遥远，我在她的文字里搜寻自己的童年。

只因是同学，所以提到那段校园生活是那么真切：班主任在教室外踩着凳子透过玻璃窥视违反纪律的同学；课间解手时肆意谈笑，却听到隔墙男厕所熟悉的咳嗽声；晚自习后，公寓一声声诱惑的叫卖“果馅”“茶蛋”；还有10元钱就能做个离子烫的理发店、1元钱即可淋浴的澡堂。此情此景，宛如昨天才毕业。

刚出校门的她，找了份酒店前台的工作，每天看见堕落的男女为之心碎。同学是那种不笑不说话的自来热，去她单位办事的人们，临出发前总盼着是她接见。她对生活的热忱让我自愧不已，盯着站在路灯下的自己，表情忧郁、目光呆滞，分明是一个要寻短见的人。

有一段是关于个人情感的文字，失恋的烙印是那般疼痛。我佩服她敢于残忍地撕开伤口，爱恨交加地如实记载。青春的我们是那样较真，倾其所有地付出，才会在爱情离去时，整个生命都显得苍白无力。或许每个人都曾不同程度地被爱伤过，只不过多数人选择了掩饰。我想起这些年，如同走马灯似的追求者：有人为了我一句话连夜开车上千公里只求看一眼；有人新房完全按照我的喜好设计装潢；有人将我的名字刻在他爷爷碑上孙媳的位置；有人拉我上庙许愿，若能走在一起就布施20万……

同学说自己总是喜怒无常，在家庭中时常为一件小事争执不休，每次都是大她五岁的老公妥协才罢休。我想起心底深藏的一个人，一个唯一让我心动的男人，我总缠着他讲关于前女友的情感，他无奈就范了，我听着冒火就将手里的东西砸过去，只要心情不佳就挑衅。他越是高挂“免战牌”，我就越是气急败坏地非要逼着他表态，他只得乖乖地将所有责任大包大揽，直到我被逗乐，才舒口气说：“乖乖，其实我真不知错在哪儿，认错只是想让你平复心情，你笑了，我有错无错就无所谓啦。”

他人的生活就是自己的一面镜子，谢谢某某同学，感恩每一个参与我成长的人。

28.婆媳

乔艳茹嫁的家庭算不得富裕，但是丈夫爱她，公婆疼她，她倍感幸福。

乔艳茹的丈夫郭志是一个货车司机，常年奔波在外，但他坚持每天给老婆打一个电话，大事小事都汇报，有事没事找话唠，每次回家也不忘带各地特色礼品给家人。

乔艳茹一直与公婆同住乡下，婆婆几乎不让她做一点儿家务，早晚一开锅，第一碗饭向来都是属于她的。

五年后，丈夫的弟弟郭德大婚，郭德大学毕业后很幸运地考上了公务员，婚后与妻子定居市里，只有逢节过年才回老家小住。

乔艳茹在家里的地位丝毫没变，但总觉得哪里不对劲儿，其实都是细枝末节的事，却难逃女人的缜密心思，目睹只要弟媳回来，家里的第二碗饭才能轮到自己，而且伙食也有明显改善。平日都是自家地里产的白菜、萝卜、土豆一锅杂烩，弟媳一来就转型升级为每顿炒几个菜，还得荤素搭配，色泽鲜艳，就连喝的牛奶也由塑料袋包装换成纸盒礼品装，乃至床上的被褥都是从箱柜里新取出来的。

乔艳茹下意识地开始疏远公婆，时而在电话里冲着丈夫叨咕，时而跑去娘家一住就是几个月。一年秋季，乔艳茹的妈妈摘苹果时从树上摔下来，又滚到沟底，全身十多处骨折，昂贵的医药费压得全家喘不过气来。乔艳茹的婆婆提着一筐土鸡蛋来医院探望，临走时放下一张存有五万块人民币的折子，附带一张留有密码的纸条，乔艳茹扑过去抱着婆婆哭了，那泪水中惭愧大于感动，她提及不该嫉妒家人对弟媳的待遇时，婆婆笑着说："孩子，我待你们都视如己出，只是你弟媳自幼娇生惯养，偶尔回家几日，我自然不想让她委屈，理当尽力让她吃饱睡好，而我心里更与你亲近，或许是因为咱们都是土生土长的农村人，在一起相处更随性吧！"

乔艳茹四十岁时，丈夫郭志发生车祸，两条大腿都被截肢，公婆的情绪稳定几日后，便对她说："孩子，你还年轻，如果想改嫁，也不必为难。即便你选择走这条路，这个家都随时欢迎你回来；你若没有这个想法，那是我郭家祖上积德，我们手里还有点儿积蓄，也够咱们过以后的日子。”乔艳茹拥抱婆婆，她没有哭，郑重宣布以后她来养这个家。

自此，在村上总有那么一幅温馨的画面，乔艳茹习惯去趴在婆婆背上，或是搂着婆婆的脖子嬉闹，在外人眼里，那是亲生骨肉之间的依赖。

29.相见不如怀念

凌与玲在一个征婚网站相遇，为了快速便捷了解，彼此留下手机号，初次通话就相互介绍了自己的现状。他们在两座不同的城市，都刚刚跨出校门，忙于在这个社会上寻求立足之地，并站稳脚跟。

凌与玲一般都到晚上才有时间聊天，凌的声音特有磁性，他说话时，就像一口深不见底的黑洞，会把人吸进去，玲时常会伴着这个魔音入睡。久而久之，彼此从闲聊中知晓对方的家庭成员，揣摩性格脾气，分析为人处世，感觉相当投缘。凌发誓即便这个女孩有狐臭也会娶回家，玲暗想哪怕这个男孩是残疾也要嫁过去。他们唯一的一次视频聊天，凌第一眼看见玲就说我在梦里见过你，只是你比梦里的人更漂亮，他说自己这边没有摄像头，随即接二连三地发过来一大堆自己从小到大的照片，玲逗趣地说感觉就像是看着你长大的。

一年后的春节假期，凌去玲所在城市兑现初次见面。凌抱着一束玫瑰从车站出来，玲远远看了一眼掉头就走，她知道这样太不礼貌，至少应该打个招呼，但是她无法劝解自己去面对如此之大的落差。

凌在这座陌生的城市孤苦伶仃地等了三天，依然没有见到玲的身影，玲说根本不能接受凌目测不足1.65m的身高，更不敢直视他谢顶的脑袋。毕竟人类是感性动物，网络聊得再融洽，见面没有眼缘，一切好感都会随之归零。

玲不愿再接听凌的电话，他那勾魂摄魄的声音都因为其相貌大打折扣，她拉黑他电话，他就换卡拨打，央求她忽视外表，一定倾其所能给她最大的幸福，他的死缠滥打几乎给她落下阴影，感觉阴魂不散的魔鬼冷不丁就会突然冒出来。渐渐地，凌由一天几十个电话转变为几十天一个电话，再后来，唯有在节假日才偶尔问候一次，也是淡淡几句话就挂断了。后来的后来，只在曾经春节约定见面的那天，才发一条信息：又是一年佳节，愿没有我的打扰，岁月会温柔待你。

十年转瞬即逝，凌西装革履地站在一面镜子前，看着一头人工种植的头发露出满意的笑容，他照旧选择十年前见面的日子，开着保时捷去玲所在的城市。

凌与玲在咖啡厅相对而坐，凌说："你依然是十年前视频里的样子，一点儿也没变。"

"除了老了，其余是没变。"玲坦然自若地一笑。

"我说的一点儿没变包括你的容颜。"凌说话间有几分动容。玲不再言语，只是轻轻搅动面前的咖啡，静静看着旋转的水纹，凌的目光一刻也不舍离开这张思慕十年的脸。玲始终面无表情，心如止水，十多分钟后，她起身，平静地说："十年前，我逃离，并非因为你不够优秀；十年后，我赴约，也非因为你足够成功。时光荏苒，白驹过隙，你我都已不再年轻，我有责任来帮你脱离这片苦海。"玲从未正眼看凌。

"你的话语如同利刃，但也让我欣慰我果然没看错人。你不会因为外在条件而改变对一个人的印象及态度，这点实属难得，你的容貌永远都停留在十年前，在我心里是会保值的。"凌表达的是这十年来的内心独白。

玲的背影渐远，凌把刚刚偷拍的一张玲的照片，设置为手机屏保。

30.投诉那些事

生活中，难免遇到权益被侵犯的事，那么如何维护正当权益呢?

我没挣到多少钱，但从事过各行各业，一直以来，奉行“和气生财，大事化小，小事化了”的原则。有一天，我突然意识到一味地退让只会使得对方变本加厉，忍无可忍之下，我决定拼力去捍卫自己的权益。

一、投诉快递公司

我搞过将近两年的服装生意，天天网络批发进货，避免不了和快递公司打交道。早些年，榆林的不少快递公司都是私人承包某一片区，与快递总部是合作关系。一张桌子，一个电话，一辆摩托车，就是所谓的“公司”，通常隐藏在非常难找的深巷里，根本谈不上规模和团队。暂且不去深究快递公司的合法性，先从公司的员工说起。这些员工根本无法提供基本服务，更别提必要的职业道德，哪懂得尊重对方的合法利益，行为极为野蛮。

快递送货有以下几种情况：

1.一见面派送员催命似的要求签字，没等验货，就脚底抹油似的溜跑，根本叫不住，货物有问题收件人自认倒霉，收件人已经签字了，如何维权?

2.派送员十万火急要求签字，如果客户提出先验货，派送员就非常暴力地抢过包裹威胁你，爱签不签，不签字直接退回包裹。

3.派送员把包裹交给收件人时，最上面那张需要签字的快递单已经被撕走，本人并未签字，然而去快递官方网站查询时，信息显示已经正常签收，到底是谁冒充收件人签收不得而知。

4.把包裹放在大门口，大声告知某人有快递，派送员就一溜烟儿没了人影；或者把包裹放在小区门口，打电话告知收件人一声就撤了。同城快递服务时限不超过24小时，国内异地不超过72小时，且不说派送像蜗牛的速度，员工爆粗口那是家常便饭。快递公司先签字，收件人后验货，剥夺消费者的知情权、公平交易权，以上行为在很多快递公司都普遍存在。

最让我生气的一次是接到快递员电话，要求我跑几百米去收件，我解释说服装验货必须有个干净的地方，例如检查衣服是否有破损，或有大面积污染等，难道衣服取出来放马路上吗？弄脏了还能出售吗？有时上百件衣服，如何在马路上验货？我花比物流费高几倍的运费给快递公司就是需要上门送货服务，而且这是快递最基本的责任和义务。电话里快递员非常生气，说如果我不去取货，就直接把货退回。在我的坚持下，快递员最终怒气冲天地把货物送到大门口，我要求上楼验货签字。对方一边骂骂咧咧，一边使劲儿把包裹扔到我住的二楼，狠狠地砸向玻璃，叫骂着走了。货物外包装裂了几个大口子，衣服掉了一地，我气得发抖，一直拨打举报电话，始终没人接听。

想到若不能摆平快递公司这块绊脚石，我的服装生意也难以顺畅，再者与派送员发生口角实在浪费精力。我一怒之下，举证把三家快递公司通过网络一并投诉。在总部的督促下，榆林快递公司老板领着员工向我再三道歉，后来大家合作非常愉快。

二、投诉保险公司

一次，朋友给我打电话求助，说是大车肇事，自己每天跑保险公司，都一个月了，对方一拖再拖，不予解决，而且扬言顶多赔偿五千元。我去实地看过肇事的大车，驾驶室稀巴烂，大梁严重变形，还有几处裂痕，修理部老板与我们都很熟悉，公正合理地预计需要五万块钱才能修好车。我陪同朋友去保险公司了解情况，负责人说大梁变形，只要校正就可以了，修理部老板说大梁出现裂痕必须换掉，因为重车完全有压断的可能。我们在沟通时，我问明知车辆有隐患，却敷衍了事，万一上路时出现大梁折断的情形，考虑过车主与司机的性命吗？双方争得面红耳赤，保险公司恼羞成怒，放话一分钱不给，爱咋咋地，最后我们被保险公司的保安驱逐出门。

分开时，朋友脸色惨白，眼圈泛红，他若真流泪，我会滴血一般痛。我有几年跑大货车的生涯，非常能体会那种出门在外的心酸。养大车基本都是一无学历、二无技能的底层受苦人选择的行业，大都是贷款交首付，正式运营再用收入还月供，没日没夜地拼命挣几个辛苦钱。若不是亲身经历，孰能想象那份艰辛与不易。

我回家躺着休息，朋友那张饱经风霜的面孔与自己东跑西奔的跑大车情景交替重播，我情绪瞬间澎湃到热血沸腾，头发倒立。

我当即起稿投诉保险公司，连夜发布到各大平台。次日，我还在睡觉，朋友打电话说："我昨天以为理赔是指望不上了，就回老家准备先贷款弄点儿钱，把车修好，结果刚才保险公司让我赶紧把投诉删除，还让马上过去处理事情，我猜想一定是你背后出力了，只是我现在应该怎么办？"

"既然回老家了，就安心陪老婆孩子，这件事我来处理，风水轮流转，眼下火烧的不是咱们的眉毛。"我说完继续补觉。

刚起床洗漱，朋友再次来电说："保险公司开车从老家把我接上来了，他们要求见你，立即协商处理理赔。"我说我没空，过几天清闲了再谈此事。朋友一再苦求说知道你为了出气，但我不想闹事，你就帮忙配合一下，事情处理了，我得赶紧修好车去跑生意，大车停一天就有一天的折旧费。

考虑到毕竟是朋友的大车，我不能完全自作主张，只得和他一起去了保险公司，最终以6万元（5万修理费+1万误工费）一次性解决。保险公司提出让删除举报内容，我坚持投诉是实情，为何要删除，如果投诉有假，自愿承担一切后果。后来保险公司通过我们汽贸公司老板出面，我才将举报内容设置为私密信息，表态以后再有类似的事情发生，这条内容将再次设置为公开。

三、投诉手机售后服务

前不久闺蜜向我倾诉，年前在手机店举办活动期间买了一部手机，店家承诺每月送75元话费，可是至今没有兑现。给销售部门打电话，对方态度极其恶劣，还谎称话费已经赠送，被揭穿后索性拉黑她，直接失联了。

我依据闺蜜提供的号码拨过去，才咨询了几句，对方就出言不逊。我说这样的服务态度，信不信会被投诉，对方一声冷嘲热讽的大笑，“啪”地挂断了电话。我发了一条短信：给你两个小时考虑，如果不主动道歉，我必举报此事。对方很快回复：请自便。我听对方声音还很稚嫩，想到自己也是摸爬滚打走过来的，真不想为难谁，更愿给年轻人悔改的机会。

耐心静等了两个小时，我再次拨打销售部门的电话，一连被拒接。我非常气愤，直接投诉到总部，不到半小时，手机公司副总很快留言会调查并处理此事，紧接着官方也私信回复一定尽快解决问题。

一小时后，手机专卖店鲁老板提着果篮亲自登门道歉，说是那个销售员擅自做主，隐瞒实情，他回老家过年，整个事件一直蒙在鼓里，言真意切，动之以情，我们当场表示此事就算翻篇儿了。

交流时，得知老板是东北人，独自来到榆林打拼，还娶了个当地的媳妇，就这样聊起来，也算半个老乡。我向来钦佩每一个白手起家的优秀人才，所以相谈甚欢。送走鲁老板约半小时，门铃再次响起，我开门，鲁老板带着榆林手机分公司负责人再次登门，还送了一部新年红限量版手机表达歉意。我一再推辞，只是想要一个道歉的态度，并非贪恋便宜。早知老板以及负责人如此把客户当作上帝，是万万不会举报的。对方说以前只是遇到顾客去店里闹事，网络投诉还是头一次摊上，这种事情早晚都可能发生，还得感谢我给他们提前敲了警钟。闲聊之中，我欣赏二位的创业精神，他们大赞能在榆林遇到我是他们的福气，双方只恨相识太晚。临走时，我们互留手机号，希望以后常来常往。

几天后，我再次收到手机总部快递寄来的贴心礼物微型收音机一台。为了这份不打不相识的友谊，我主动删除投诉，又发布内容澄清原委，今后也会用实际行动支持国产手机。

这是我最愉快最满意的一次投诉，并非因为收到各种礼物而欢喜，我不是贪点儿便宜就高兴的人，再说只是帮闺蜜投诉，自然得到的礼物都归她所有，我是因手机生产商能够把客户的投诉如此重视而感到欣慰，为负责人虔诚热心的态度所感化。之前所有的投诉也都使得问题得到解决，但那是因为总部施加压力所致，当事人嘴上赔不是，脸上却挂着不情愿，而且还讨价还价，要求我删除举报内容，更提出让我写一篇相关的正面文字发布，当然，我是拒绝的。每个人都有吃软不吃硬的一面，面对无理的要求，内心是反感的；遇到友善的礼让，自然也会主动去回馈。

综上所述，这是一个互联网时代，遇到合法权益被侵犯，选择网络投诉是解决问题的一个快捷有效的方式。员工没有职业素养，就向老板举报，老板目中无人，直接投诉到其顶头上司。现在个人、企业、单位都相当重视口碑，不信他们还敢不闻不问！

投诉一定要选对渠道，如果你在微信朋友圈或QQ空间举报，几乎是零作用，毕竟微信和QQ空间是相对封闭的圈子，只有好友可以看到，但如果发布到微博或今日头条这种公开的平台，那么没有关注你或订阅你的网友依然可以看到。一旦引起公愤，这样的传播力不容小觑。当然，这与你投诉使用的账号影响力也有很大关系。

投诉这等事，遇到明君，认为消费者的监管可以让自身更好地成长；遇到糊涂蛋，也可能结下梁子，伺机报复，所以一定要将刀把捏在自己手里。

31.无题

好多朋友回忆说，我给人留下的初次印象是清纯、清高。摸爬滚打多年，我始终是素颜朝天，休闲装扮，不化妆，不染发，不穿暴露时髦的服饰，似乎走在这个花花世界的女人堆里，显得格格不入，如此就与“清纯”一词结下良缘。我极少会笑，尤其与陌生人接触，会本能地察言观色，不熟悉的情况下完全是零交流；与优秀人才聚在一起，更是听多于说，难免给人清高的错觉。之所以说是错觉，是因为接触我久了的人，都说我很好相处。

上到九十九，下到刚会走，我都能与其和平共处，但实在见不得两种人。

我十分讨厌满嘴跑火车之人，一开口说话，就听得人像怀孕了，恶心想吐。本是一根排骨，榨不出几两油，却非要打肿脸，冒充是一块肥肉。有钱人装穷，称为低调；没钱人摆阔，那叫能装。这种人被唾弃的口水足以汇成一个游泳池，不等他（她）展示狗刨，就先淹死了。

我极其反感背后嚼舌根之人，总有些人每天没事就到处乱喷，无非是愤恨别人比自己过得好。挣钱能力不是遗传的，当官制度也不是世袭的，优秀不是靠抱怨得来的。这种人就算全国人民各抡一个大嘴巴，只能把他（她）打死，别奢望打醒。

人无完人，海纳百川方能完美自我，前提是过滤干净触犯原则底线的渣滓。

32.再到北京

曾有那么一段日子，我大门不出二门不迈，需要购买的东西都写到纸上，待到家里弹尽粮绝时，才直奔超市，对照名单集齐所需物品，然后以最快的速度选择最短的路线，直接回家。

唯有经历过大起大落之人，才懂得平静如水的生活多么难能可贵。若不是考虑家人担忧，我恨不得去隐居山林。

那一年，三哥在榆林成立了传媒公司，我坐在家里的电脑前，就可以轻松完成业务，且舒适自在。起初，我很享受现状，久而久之，逐渐陷入迷茫，感觉生活没有激情，自身也失去了斗志，可是，这不是我多年来一直期盼的生活吗？面对困惑，我百思不得其解。

一天，我购物回家时目睹一辆汽车疾驰而过，轮胎飞溅起几滴红色液体，再看，一条小狗儿一动不动地趴在路上。我急忙赶过去，只见它一条腿血淋淋的，我伸手准备抱起小家伙，忽又想万一它恐惧陌生人，咬伤我就不好了。无奈之下，我只得脱掉外套，把小家伙包裹好，提着它去了宠物店为其包扎伤口。店员帮忙把买好的铁笼、器皿、狗粮送到院子里，我把小家伙安置到阳台上，又在家里翻出一床旧被子，罩在铁笼上遮阳挡风。

小家伙很快恢复得活蹦乱跳，开始狠命地拍打着铁笼，哀怨地狂吠，我从缝隙里撒进去狗粮，它都懒得搭理。某天，小家伙趁着我打开铁笼往里放水碗之际，一下蹿出去，霎时逃得不见踪影。后来，小家伙偶尔回来，钻进铁笼大吃大喝，一见我靠近就蹿出好远，盯着我撒娇地摇晃尾巴，我意识到它是担忧被再次关进铁笼。于是，我回到室内，隔着玻璃窗观察动静。小家伙果然放心地再次走进铁笼，吃饱喝足后快乐地蹦跶着走了。我的大脑突然受到冲击：生于忧患死于安乐，是不是衣食无忧的生活淹没了我的斗志！

“我想再去上学，继续深造。”我对三哥说。

“上学的时候，你每天都想方设法逃离校园，社会上走了这么久，再坐进教室，你觉得你能收住心吗？”三哥反问。

“那我去打工吧，丰富阅历。”各种思想在我大脑里跳跃。

“人往高处走，你好歹也干过各行老板，怎么又甘心去当员工呢？”三哥看似反问的语调，却是全盘否定。

“以前总感觉家人需要保护，我像斗士一样充满力量，现在家人都过得很安逸，突然觉得自己似乎没用了。”我喃喃自语。

“你是在家待太久，茫然了，走，我们再到北京。”三哥脱口而出。

我一时竟然迟疑不定，关于北京，之前的记忆是道不尽的辛酸，抹不平的伤痕。

“于你我而言，北京留给我们的都是伤感，但那儿是养育梦想的肥沃之地。战胜自己的心理，才能飞得更高。”三哥平静的语气，似乎那些年的往事早已云消雾散。

“你是不是早有打算？”我追问。

“我们现在是下线公司，干的是最辛苦的差事，拿的是最微薄的报酬，我们上北京，直接寻求客户，独树旗帜。”三哥这番话显然是倒出了烂在肚里多年的心思。

我们所有的业务资源都来源于上线公司派单，与真正的客户之间并无联系，上线的派单中，不少客户是他们的朋友，为了鱼和熊掌兼得，上线让朋友直接把钱汇入我们账户，称自己没有丝毫利润，完全是友情帮忙，而我们留下的那点儿辛苦费只是个零头儿，多出来的大份儿如数退还上线。金钱最能撩拨人的野心和欲望，但介于家庭官司刚刚结束，父母身体都不大好，我们必须有个重整旗鼓的阶段，眼下也算是时机成熟了。

稍作安排，一件皮箱，我们便抵达了北京。暂住酒店，我白天抱着笔记本四处奔波，安排原有业务、考察办公地点、寻求潜在客户，齐头并进，一件不落。一晃十多天过去了，三哥说住酒店不是长久之计，我也觉得自从来京，没有一分收入，而每一处都需要开支，确实心慌意乱。于是，我们很快顺着一条拎包儿入住的租房信息找到了房东，居室房门打开的瞬间，我差点儿掉头离去。

人是不能娇惯的，换作家庭败落时，能有个遮风避雨的落脚地已是谢天谢地了，但是一旦习惯了丰衣足食的生活，再被打回原形，起码在心理上很难适应。我望向三哥，他面无表情，显然是在等我定夺。我目光再次移回室内，空间狭小不说，简陋得像个仓库，除了有两张床铺之外，脱件衣服都没搁放的地方。若是居住条件舒适，还要价格优惠，那只能跑去郊区了，这样一来，万一与客户约谈，岂不把时间都浪费在了来回的路上。眼前这个房子，起码地段很好，而且依据实地考察与平日的业务信息推断，我们的潜在客户就集中在这一带，加之这里的网络比酒店的信号强很多，我潜意识地衡量利弊。

屋漏偏逢连夜雨，就在我踌躇之间，有两个合作老客户来电催促业务进度，我们临行前，公司只留下一帮员工，所有业务都靠我们策划好文案，然后电话或网络指挥他们去执行。直觉告诉我，我根本没有多余时间再去寻求中意的住房。我微闭眼睛，耳旁响起妈妈的一番话：人活一辈子，难免大起大落，既要培养踏入高门的气场，也得准备跌入低槛的心理。

我释然一笑，对三哥说："就这里吧，很多北漂还合租地下室呢，我们这儿交通便利，视线开阔，够好了。你抓紧安排客户的业务，我去买生活日用品，今晚就入住。"

我们每天去一些公司登门寻求合作，多数公司在我们说明意向之后，对方就直接摆手谢绝，万事开头难，吃几个闭门羹完全在预料之中，可目睹接待人员在弄明白我们的来意并非是上门送钱的客户时，脸上那种连锁反应的微妙表情，由进门时的"顾客就是上帝"，没有过渡，直接跳入"你可以走了，我没空相送"，这让我难免有几分失落，但还是暗自发誓：既然像虎一样扑出来，决不能如猫一样溜回去。

尽管接二连三地碰壁，我们依然三番五次地争取，感动天感动地，就不信不能打动一颗心。我与三哥去一家公司时，正好碰到焦头烂额发飙的唐经理。经过了解，我们得知他们一单业务连续两次推广失败，我们便趁势自告奋勇立下军令状：若不能完成任务，自愿倒贴这一单的费用；若达到要求的结果，只收上一家公司一半的金额。唐经理当即喜出望外，随即又一副死马当作活马医的样子。

我与三哥坐下来，打开携带的笔记本，通知自己公司所有员工在线待命，提前设置好将会用到的每一个软件与平台，全力按照我们这边的指示，以最快的速度完成最大的数据，做到每一秒的操作都力争用到刀刃上，如此就能在短时间之内膨胀到相应的热度，自然就会大功告捷。一切就绪之后，就拉开了紧张的分工合作：三哥观察网页趋向，随时调整业务顺序与数据比例，我传达待命员工按照步骤操作，不到一小时，我们在唐经理以及其他负责人的众目睽睽之下，顺利完成任务，并超越了预期的效果。唐经理当即转账费用，那一刻，我才领会直接与一手资源客户对接，尽管只拿了上一家公司一半的报酬，所得利润居然还是我们平时做下线的N倍，果然验证了一句话：三年不开张，开张吃三年。自然，我们也成功签订了到北京之后的第一家合作公司。

接下来，我们拿着与唐经理初次合作的案例，轻而易举地又签到几家合约，因为内行人一看案例就知道那是一个棘手的推广，重点是别人操作两次失败的单子，在我们手里复活了，所以口才再好都抵不过业绩证明。或许是时来运转，我们接到的零散单子也越来越多，问题跟着就来了：我们出发时为了方便，携带的都是笔记本，加之网络信号也弱，打开一个网址，网速半天都处于转圈状态，我是个急性子，耐心简直被挑战到极限，真想立刻跑出去抱回一台高配电脑，可是选好鞍座的前提是先有一匹好马，否则购买了电脑还是没有安置的办公地方。

三哥堪称电脑高手，原先公司的电脑都是选定各个商家的优势配件，买回家自己组装起来的，配置相当高，同时开启多个窗口，并运行多个超大软件，移动鼠标，反应非常灵敏。习惯了“点到哪里，哪里就反应”的电脑，眼前这网速，这配置，真能把好人折磨出病来，可是，我与三哥基本已被业务绑架，根本没有太多时间去考察办公地点。

我懊恼地望着天花儿板吐气，宽慰自己不和电脑生气，恰有一位老客户来电话说新开一家分公司，要求我策划个推广方案，我提出拍些照片发来，作为策划参考，客户说给我预订机票，亲临现场最好。当客户得知我就在北京时，当即吩咐我准备一下，她马上派人过来接我。

一辆加长版汽车停在我面前时，我还在东张西望等待来接我的人。

“您好，我是艾迪的助理，请上车吧！”一位阳光帅气的大boy冲我打招呼。我低头小心翼翼地上了车，再抬眼皮，差点儿失控出声，若不是目睹助理还在双手操控方向盘，我会误以为自己是在某个土豪的家里呢！厨房、客厅、洗手间、休闲吧，每一处都设计新颖，配备应有尽有。这就是传说中的房车吧？无论是房还是车，都是我迄今见过最奢华大气的陈设了，我在心里自问自答，也许这是我从娘胎出来，最不淡定的一次表现了。

“很好奇，您是怎么确定我就是要接的人呢？”话已出口，我才意识到初次见面，居然连个客套的招呼也没有，就劈头盖脸冒出这么一句。

“是这样的，出发前，艾迪给了你的住址与电话，还发了张你的照片，所以我老远就断定是你。”助理从内视镜瞄了我一眼，接着又说：“话说这年头儿，遇到本人与照片如此相符的人还真是不多，多数美女是照片胜出本人，而你是反过来的。”

“谢谢！”我希望这两个简洁的字眼能够就此封住这个话题。

我心里一直有这样一条警示语：骂你的人一般是认真的，但夸你的人难免有水分，骂的话,不入耳；夸的话,别入心。

我轻轻拉开遮阳布，将视线转向车外。记忆忽而倒退回方才的情形：上车前，车门是开着的，上车后，车门就关了，这一切我都没有参与，也没察觉助理有何举动，更没有听到发出任何声响，难不成这车门装有感应系统。我下意识地打量车门，不放过每一处细节，再逐一排除，最后没有发现一个貌似按钮的开关。

“到了！”助理停稳车子回头笑着说。

“啊？”我如梦初醒，有些不知所措。

“您下车右转，门口会有人等候。”助理指着侧面的一条彩色防滑路面提示。

“嗯嗯！”我支应着，不禁暗自叫苦，该死的车门，睡着了吗，赶快打开啊！车门纹丝不动，似乎时间也纹丝不动，我窘迫地假装低头去整理裤腿与鞋带。

“小马，辛苦啦，终于见面了！”一个脆如银铃的女音飘来。

我猛一抬头，车门已经悄无声息地敞开，一个足有一米七的高个女孩站在地上，一张精致的锥子脸，架着一副褐色太阳镜，一头亮黄的卷发，耳坠垂到肩膀，一件墨绿风衣恰好与高筒靴相接，正面敞开着，露出一件米黄短裙，两条修长美腿赤裸裸地交错而立。

我一直不解天猫淘宝的模特上身紧裹棉衣，下身裸腿示人，算是什么季节的风尚，原以为只是为了凸显视觉效果，殊不知现实中的真人版正是如此着装。

“通话的时候，我正好在外面等候开会，就叫助理先去接您。”艾迪说话如同音乐一样悦耳，我才想起她本来就是歌手，第一张专辑还是我们主推呢！那时她是新手出道，我公司也是刚刚成立，不想相扶相持直到今天。我们合作一直是网络交流，这是初次见面。

“走，上办公室再聊。”艾迪热情地伸过来一只手，我略微犹豫，尴尬地伸手搭上去，跳下车，拘谨地跟在她身后，我意识到自己不是只身来到北京，而是带了家乡的一身土里土气，若说人家是红花儿，我连绿叶儿都算不上，几乎就是埋在地下的根，看不见存在。我常言自己不靠脸蛋儿吃饭，多年来从不化妆，从不烫发染发，从不美甲，更不穿暴露服饰，第一件裙子，第一双高跟靴子还是在2012年过年时三哥买给我的。

艾迪陪我参观完新公司格局，一再挽留一起吃饭，我婉言还有事情，坚持提前离开。回到出租屋，自信好生受挫，在我的生活圈，大家一致公认我是优秀的代表，而艾迪只大我两岁，已是一家企业的董事，经营服装、餐饮、影视制作等公司，与人家相比，我不是被甩了几条街，而是直接被甩了几个环。

艾迪新公司开业庆典活动，我一直在角落喝茶，一边观察四处布局，一边感受现场氛围，全心准备为后期推广写一篇软文。我打量会场每一处动静，远远望去，还真是影视剧情里当年大上海舞厅的味道，男女老少，尽情挥洒自由，推杯换盏，眉来眼去，这种情景与想象之中没有什么两样，早已司空见惯。我端着相机，抓拍各种镜头，作为软文备选配图。

这时，司仪小姐上台说了几个如雷贯耳的名字，我确定自己耳朵没有听错，但还是随即解释为应该是同音或谐音罢了，在众人铺天盖地的掌声中，我目睹一些明星依次上台致辞庆贺，最后还有一些重量级明星通过荧屏献上祝福。果然，重量级人物都是留在最后压轴的，我从心底被艾迪的人脉折服。

开业庆典圆满成功，艾迪对我给出的策划非常满意，说正是我不按套路出牌的思维铸就了别出心裁的方案。

庆功宴上，艾迪与我闲聊，得知我们想在北京起家时，主动提出合作请求：她提供办公楼以及负责办理相关证件，我们提供业务技术以及办公所需用品，两两相互抵消；她旗下艺人或是拉拢过来的客户，所得利润五五分成，我们自己原有的或挖掘的客户，所得利润与她无关。我推辞，这样我方就占大了便宜，艾迪笑着接茬，挣钱不是单一去衡量，只要壮大公司规模，一个行业就会间接带动另一个行业的发展速度，况且，任何一个行业都需要这样的传媒公司去推广，早就想融入新型血液，若能合作，正是时候。

短暂的交流，我判断艾迪与我有个共同点：得利或吃亏都会放在桌面儿上摊牌，明人不做暗事。志同道合的两个人坐在一起，最直白的交流就是相见恨晚。在艾迪的催促下，我立即叫来了三哥，当场拟好合作条约，签订了合同。

文化传媒于我们而言，不是祖传，但绝对是本行，再次成立公司完全是轻车熟路，加上艾迪办事效率可谓倍道而进，在不足半个月的时间就开业，进入正常运营，为了节省来回路程时间，我们住宿也搬到了公司旁边的公寓。

人，越闲越懒，越吃越馋，反之，越跑越勤，越忙越欢。我与三哥必须每天六点起床，提前策划好当天的文案，待到早上八点员工上班时，就要分配下去，让他们按照流程执行，我们安排主线任务，他们配合辅助维护。员工中途轮流倒班，等晚上十点下班后，我与三哥开始检查业务有无疏漏，质量效果是否做到极限，这就出现一系列的弥补收尾工作，还要整理一天的数据，一份反馈客户，一份备入自家后台，接着给派发任务的临时员工当日清账，再将收款金额除去成本记账。忙碌完毕，基本都在零点左右。

之前开公司出现过这样的现象：我们都手把手培训员工完整地操作全部业务，结果一个员工李某突然辞职，没多久，有好几个老客户截图聊天记录给我，原来是李某企图挖走我公司的资源。我们平时与客户合作，都会极力做到更好，哪怕一单已经告捷，若是想到细节之处再做处理会更显效果，依然会无偿去修补，合作频繁的客户，零散的小单向来都是免费服务的，久而久之，大家不仅是合作关系，更是朋友关系，客户会快递自产的商品做礼物，我们也寄去本地的特产聊表心意。

人是感情动物，相处久了，在心情愉悦的基础上，一些鸡毛蒜皮的利益完全可以忽略。李某的计划失败，但也给我们敲响了警钟，必须改善管理制度。后来，我们让每组员工只负责一个领域的流程，相互配合完成，而且几处重要关口，只由我或三哥独自操作，平日揣摩出的经验也不敢再向员工分享了。如此，即便所有员工集体跳槽，也不能把业务流程拼凑完整。但眼下正是由于当下的管理模式，致使很多业务环节必须要我与三哥亲力亲为完成。

艾迪八面来风的人脉，在短时间内，就把业务资源拥挤到列队等候。客户不断催促进度，我们只得谁逼得紧，就先安排谁的，来回切换着执行。公司业务主要针对娱乐圈，而明星出国那是家常便饭，如此一来，时差就是最大的考验。人家白天发布的活动，我们就得半夜加班推广，有时一连好几天都在加班。行业性质，加上给自己做事，导致我们根本没有准确上下班时间，更别提节假日。

我与三哥彻底变成了两台机器，几乎没有吃饭、睡觉的时间，连日常交流的白话文都简化得像文言文。幸好我俩过于熟悉，完全能够意会。眼睛干涩胀痛，仿佛头一低，把手凑上去，眼珠就会掉出来，脸部出现浮肿，说话时，嘴唇干裂得会溢出血粒，加上扁桃体发炎，喉咙就像卡块儿东西，根本不敢下咽饭菜，勉强吃点儿流食充饥。手腕由于长时间与鼠标垫子摩擦，已经出现淡红的血丝，只得缠上一圈纱布缓解疼痛。熬到后半夜，眼皮打架了就不时拿湿毛巾擦拭，再不行就打开DJ，戴着耳机，把自己搞得震耳欲聋，总之必须清醒地工作。

我是个有轻微洁癖的人，居然忙到两三天都没空洗脸。一天，我正在做策划，快递小哥打电话要求去门口签收物件，办公室地暖过热，正处寒冬腊月，但在室内的穿戴几乎与夏天没有区别。我一时竟忘了披件外套，直接冲出门去，签字取件，再火速奔回来。感冒就是一瞬间的事儿，当天我就感觉整个人头重脚轻，起身上洗手间时仿佛有了分身术，脑袋已经飞出门外，两腿还僵在原地，只能像荡秋千一样东歪西倒地挣扎移步。

次日一早，我好似梦魇了，胸口就像压了一块磨盘，怎么使劲儿都坐不起来，直到三哥把门拍得当当响，我才应声说马上就来。我真的起不来，但我必须起来，我若睡过头，公司的员工就会闲坐一天，重点是客户对耗时比花钱更容易大发雷霆。

我脑袋疼得像要炸裂一样，只得不时泡热毛巾贴在额前缓解。数据运算的时候，糊涂到两位数减法都需要借助计算器，张嘴才发现竟然不能发出声音，情急之下，只能扔个小物件砸中同事，然后用手势比画传达信息，真觉得自己力不从心了。晚上休息时，整个人就像在空中吊了一天，浑身每一处关节都疼，尤其肩膀，感觉要断裂了一样。那一刻，真的累到想大哭一场，忽又觉得这多大点儿事，比起家庭窘迫时，现在既没有人追讨债务，也不会有谁残害家人，累了还哭，实在太矫情了。

我向来杜绝输液吃药，主要是我看见针头就发抖，一年到头儿身体也没什么不适，偶尔不舒服，也不吃药不打针，都是硬扛过去。三哥知道我的性子，便熬了一碗姜汤，我喝下倒头就睡，第二天醒来一身大汗，虽然不太精神，但感觉好多了，后来又忙得一塌糊涂，浑然不觉感冒到底是几时退去的。

公司成立最初的几个月，我与三哥的睡眠时间基本就是每天两三个小时，实在体力不支，就趁着软件在正常运转的空隙，定个闹钟，在桌前趴一小会儿，但绝对不能设置十分钟以上，因为软件一旦出现异常，就会自动跳转，获取新的信息，这样可能导致几个客户的文案张冠李戴，返工是小，被客户谴责就闹大了。

北京的公司毕竟新成立，接到的又是大单，各种突发情况难免多一些，介于三哥精通电脑，业务经验又丰富，便留京管理，我回陕西打理原有的业务，双方也可相互配合完成任务。

临到年关，本就事务扎堆，难免有旁出斜逸的状况，我一时之间成了全家必争的宠儿。大哥说我是他的栋梁，工程大小问题均可妥善处理，难缠棘手的事情都能迎刃而解，重点是办事效率高，成本开销低；二哥说我是他的贵人，无论在何地，不管干哪行，一旦有事，我总有办法插足帮忙；三哥说我是他的骨干，做策划写软文得心应手，关键担忧再培养出一个全线流程都能操控的外人，跳槽是小，挖掘客户就亏损大了；父母说儿子粗心，儿媳总有距离，女儿的陪护最觉舒心。于是，我便哪里需要就到哪里，东奔西走拼尽全力，守护每一位至亲。

一段时间里，我醒来第一件事是流鼻血，原以为是地暖过热所致，结果在医院检查以后，医生说我流鼻血是因为睡眠不足导致神经衰弱引起的。当医生得知我每天休息两三个小时时，只说了一句：长此以往下去，等于慢性自杀。

确实，只要可以休息，哪怕站立依靠着墙体，我都能睡着，每晚看见电脑显示“正在关机”的字样，就好似获得自由了。打一盆热水，双脚放进去，身子平躺在床沿，太知足了，好多次被闹钟叫醒，依然保持着那个姿势，两脚被凉水浸泡得冰凉麻木。私人空间，姿势不雅也就罢了，公众场合，有损形象就糗大了。有几次在嘈杂的候机室我居然睡得酣甜，广播里一遍遍叫喊我的名字都无济于事，最后被保安推醒，登机口就在眼前，我却转晕了方向。

一个夜晚，我刚关机，三哥微信通知我做一个单子。

我有些生气，直接回复：“你不会自己做，什么都甩给我。”

三哥秒回：“我在忙。”

我更恼火了，回复：“好似我闲得抠指甲了！”

三哥：“我一天滴水未进。”

我：“我足有50个小时一眼未合。”

以上都是打字聊天的，直到三哥发来一句语音：“那你休息吧，我先安排手头儿的单子，如果客户愿意等，只能靠后安排。”

我当时根本没听清三哥说话的内容，只是清晰地听到他喉咙里挤压出来的沙哑声音。今生，这个男人爱我胜过爱自己，自然也是唯一“伤在你身，痛在我心”的男人，时常想起他最暖心的一句话“我是舍不得打你，不是打不过你”。这是来自妈妈的转述，说小时候的我无论怎样欺负三哥，他从不动怒，最多就是把那句话重复一遍。曾经那么多的苦难，都相依为命地闯过来了，何必为点儿鸡毛琐事而暗自置气。我的睡意云消雾散，立即重新开机，让三哥把刚才那个单子发过来。

差不多一年的时间里，我没有参与过一次亲朋好友的活动，没有吃喝过一顿与业务无关的饭局，没有窝在沙发上惬意地看自己喜欢的综艺，做得最奢侈的事情就是早晨睁开眼穿衣服时，顺便听一首歌曲，让大脑从迷糊过渡到清醒，好尽快投入工作状态。

一次，闺蜜忍不住问：“为何会话窗口总是显示你正在输入，结果老半天只收到几个字，你码字速度还是可以的，我真怀疑大量字句在传送的路上走丢了！”

“有可能，就像自动取款机偶然还出现吞卡呢。”我跟着起哄，她哪里知道我是在等待电脑刷新或起身倒杯水的间隙回复的，待到页面打开或水已倒好，我可能就又去操作其他的了，然后再到下一个这样的间隙又接着回复的。

不时有朋友各种开玩笑说："等待见你一面好比祈盼皇帝翻牌的心情""什么时候才能预约到你""都不敢联系你了，感觉问候也成了打扰。"是的，我疏忽了身边的每个人，不对，好像身边的人也在下意识地疏远了我，我在意每一份情谊，尽量在得空时给大家的动态点个赞，尽管有时照片或视频还在缓冲中，并未查看，但还是想通过这个方式告诉对方：虽极少联络，但一直关注。

一次晚上十点左右，我去门口的超市买两节电池，正好碰见leader(领导)在买烟，我习惯如此称呼这个男人，实则我们并非真正意义上的上司与下属，只是曾经有过生意上的合作，而后成为非常要好的朋友。

那些年，特别流行"姓氏+总"的称呼，但是流行的东西往往最容易跑偏，后来这种称呼似乎成为熟悉人之间的一种调侃，不管混得有头有脸还是灰头土脸，都被冠以"某总"的头衔，我极其反感有人如此叫我，leader别具一格地喊我马老师，我很乐意这个称呼，但还是有些愧不敢当，解释自己从未有过教书的经历，leader解释说这只是对一个人的尊称，无关职业。但他每次如此称呼我时，我还是觉得自己收了个学生。

"你怎么在这儿？"leader被我问得一脸尴尬。

他走到门外才说："要是得空的话，到我车里坐会儿。"

我点头，跟着leader进了车子。车里格外暖和，想必是很长时间没有熄火，一直开着暖风。“开着暖风太干燥了！”我话毕，leader就关掉了暖风。

“好久没吃到了吧？”leader递给我一包儿东西，是我特喜欢吃的一道凉菜。

“怎么不打招呼就买了？你会算命啊？料到今天会偶遇？”我一连串问号。

“我说我几乎每天买包儿凉菜，在这里等几个小时，你信吗？”leader盯着我。

“那为何不通知我呢？”我不解。

“我只要得空，就习惯把车停到这儿附近，万一你刚好给我打电话有事，就可以在最短的时间见到了，不通知是怕你工作分心。”leader解释说。

我想起多次约见，leader都说正好路过这里，原来我以为的“机缘巧合”，都是他的“用心良苦”。

“近来一直上火，实在不敢沾辛辣食物，只能吃点儿汤类。”我苦笑着摆手。

“我公司楼下新开了家烙饼拌汤村，这个点儿照常还在营业，我带你去。”leader说话间，车子已经驶出去了。

夜晚的霓虹灯飞速后退，我只觉那一刻所有的业务都已暂别，leader在开车，自然没我的事，我按动电钮，身子跟着座椅靠背向后下降，迷迷糊糊睡着了。再睁开眼时，我闻到一股清淡的烟草味，来自身上盖着的leader的外套，回看leader，只身着一件白色衬衣，显然是在发冷，身子看上去紧绷，却还在小心翼翼地开车。

“怎么不开暖风？小心感冒！”我将外套递过去。

“你不是说开暖风干燥么！”leader一手又将外套盖回我身上，“我感冒了，可以休息，而你连生病的时间也没有。”

我伸个懒腰，望向窗外，总感觉哪里不对劲儿，片刻终于明白，茫然地问：“你怎么在人行道上开车？”

“车行道都是减速带，怕把你颠醒！”leader说话间，缓缓停下车子。

我还想继续迷糊，却发现已到小区门口。“你是把我当周公了？一见面很快就进入梦乡。”leader逗笑儿。能够在一个异性面前安然入睡，首先是一种信任，我欲言又止，只想尽快回家躺倒在床上。

“见面就看着你睡觉，也只能看着你睡觉，知不知道，看着你睡觉，对我就是一场考验！你能否想象，眼睁睁地看着你睡觉，我必须控制好一个正常男人的本能。”leader在我的手伸向车门时，如同绕口令一样，叽里呱啦说了一大堆。我笑了笑，还是无情地推开了车门，leader摸了下打包的一次性纸筒袋子，递给我，“还热着呢，回去吃点儿再睡！”我点头离去。

从小区大门到家里短短几分钟，我快进回忆了与leader认识的十年时光。酒足饭饱思淫欲，我每天吃不饱睡不好，累得脑袋倒向枕头的刹那，已经进入睡眠状态，哪还顾得上什么七情六欲。

leader上次贸然来北京看我，本想给我惊喜，想不到就在他抵达北京的半个小时前，我刚飞往了西安。后来，他又一次贸然飞往上海，我却在一个活动现场，忙完之后，在赶往机场的路上，我们同行了一路。我那个航班的机票当天已经售完，我好不容易威逼利诱才让leader订好了返回的机票。我揣测leader是从我发布动态显示所在位置追随而来，实在不忍他辗转各个地方，只为多一分陪伴，后来我不再更新朋友圈了。

我刚到北京时，leader每天不下十个电话，我嘱咐他没事就不要闲聊，他却屡教不改，我警告若有再犯，就会拉黑一切联系方式，他委屈地辩解只是想让我借用接电话的时间，休息一下。我直言利用接电话的时间休息了，还得熬夜把业务赶出来。leader沉默了好些天，只是发了一条动态：联系少了，担心会被忘记，纠缠多了，又恐慌会被反感。有的人一天就看腻，有个人十年仍猜不透，你是否也与我一样早已动了真情，只是掩藏得太深!

因为被每个人看好，所以绝不让任何人失望。聆听每一句抬爱的鼓励，面对每一双肯定的眼睛，我暗自发誓，哪怕成不了什么大气候，至少要在所认识的群体里拔尖儿，在雄心壮志面前，儿女情长显得那么微不足道。我觉得忙疯了是一种享受，充实、踏实、安然，大小事务挤满了生活，根本不给空虚或孤独闯入的间隙。即便偶有情绪泛滥，累到矫情得想哭，最终还是选择了让眼泪转换成汗水排出!

时间总是在不经意间流失，刚到北京时还包裹得像粽子似的扎扎实实，恍然发觉满大街美腿如同雨后春笋。公司业务逐渐步入正轨，生活节奏也跟着缓慢下来。我将过季的衣物叠好，放了不到一半，皮箱盖就压不下去了，索性抱起皮箱来个底朝天，全部扣到床上，再挑选心仪的衣物放进去，剩余的放进一个袋子，尝试放了几处地方都觉得碍眼。

在家时，妈妈把我们不穿的旧衣服都会分给亲朋好友，可距离这么远，自然是不会邮寄的，但扔了又觉得可惜。我眼前突然浮现出好多熟悉却不知姓名的面孔，那是早些年我来北京遇到的。他们除了奔走于北京的大街小巷，平时就住在永定门附近几个桥洞下面，两侧垫了好几层纸片，再在上面铺好被褥，旁边堆放着锅碗瓢盆与日用衣物，中间仅留了可以勉强走动的一条通道，每隔几步就放置一个蜂窝煤炉子，他们把从农贸市场捡来的烂剩菜叶，加一缕挂面，再撒一点儿盐，煮熟了直接倒进碗里，三两分钟就狼吞虎咽地吞下肚了。

我紧闭双眼，忽觉胸闷气短，深吐几口气，提起装满衣物的袋子，开车径直驶向永定门。我飞快地奔走了几个桥洞，每一个都格外干净，丝毫不见昔日的一点儿印记，不禁有点儿失落，忽又觉得欣慰，没有消息就是好消息，至少他们摆脱了风餐露宿的困境。

站在立交桥上，居高临下，俯瞰繁华喧闹的首都夜景，凸显得我内心格外沉寂。多年前，同样的地点，我孤傲地宣言：什么都要新的，哪怕是廉价的。此刻才秒懂，买一件新衣服，说不定到手之前就被人试穿过，又何苦不切实际地较真为难自己。美观是给外人欣赏的，舒心才是自身感受。主动接纳美好，自动过滤烦躁，不被旧事困扰，不为新人懊恼，遵从内心就好。活着的时候展现自己活着，死去了，让活着的人知道我活过，足够了。

33.清明回家见闻

我们兄妹四人分散在四座不同的城市，逢年过节才会匆匆一聚。清明节前几天，大家约好一起回村里祭祀祖先。

汽车靠近院子时，迎接我们的是一条虎视眈眈猛扑狂吠的藏獒，妈妈闻声出来，呵斥：“黑豹！卧下！”它便乖乖地趴在地上，眯着眼睛，脑袋枕在前爪上。黑豹是爸爸赐予藏獒的大名，它一个月大时，二哥从外地买回来送到家里，妈妈用奶瓶喂养它，再大一点儿，父母吃啥，就给它吃啥，现在已经长得相当壮实，气势更加彪悍。妈妈说每顿饭需要做四个人的，她和爸爸每人吃一碗，黑豹吃两碗。我们一下车，黑豹就开始不停地摇晃尾巴，妈妈说这家伙特别机灵，外人不管来过多少次，它看见总是又叫又扑，而我们偶尔回来一次，只要人一露面，它就立即摇头晃脑撒娇卖萌。

我们各自打开皮箱，取出给家里买的各种食品和用品，摆放在相应位置，顺手将替换下来的旧物扔掉，而且都会毁坏砸碎再去丢掉，免得爸爸悄然捡回来留用。

妈妈说一年到头儿存折里的钱一分钱都不取，家里储藏的东西吃不完用不尽。村民们也说我家如同超市，从副食品到日用品应有尽有，每样物品都成箱整袋有序堆放着。

我根据每一样物品的生产日期与保质期，推算最后一天的有效日期，并用彩笔把日期大大地写在包装上，父母就明白截至这一天必须吃完或用完，这也催促他们海吃狂用。

“妈，你今年本命年，这是一套红色内衣，一定要穿上。”二嫂说着递给妈妈一个盒子。我家特别注重孝道，而二嫂的无微不至恰好填补了家人的生性耿直。

“妈，我舀了一碗小米，回去熬稀饭。”

“妈，我拿了一些五谷杂粮，要磨豆浆。”

“妈，我装了点儿淀粉，做鸡蛋饼。”

嫂子们各取所需。“嗯，好。”妈妈不时应答着，还得忙做饭。

“妈，我走时要带一个枕头。”平时睡惯了妈妈装的荞麦皮枕头，买回来的软枕我无论如何调整睡姿，总觉得枕着虚浮。我本是随遇而安的人，但匆忙去了北京之后，最念念不忘的就是妈妈缝制的枕头。

“好！”妈妈脸上划过一抹满足的笑意。

“哎呀，你家好热闹！”邻居羡慕地说。

“你看这一群土匪似的，一回来就扔的扔，拿的拿，翻得乱七八糟。”妈妈笑逐颜开地搭话。是的，被这一群土匪扫荡过的地方，面貌焕然一新。

清明时节捏燕燕，乃当地风俗。用发酵的面团揉捏出各种动物肖像，蒸熟了吃。吃不完就用一根细绳、一颗红枣、一只燕燕，相间串起来，这也成为当下年轻人眼里的手工艺术品。妈妈端出一盘燕燕，我们七手八脚各自抓了只喜欢的“动物”开吃。

两个侄子用Y形的小木棍儿支撑起一个大铁筛，下面撒了一把小米，手里攥着一条拴住木棍儿的绳子蹲在车身背后，透过车底盘偷瞄动静。一小会儿工夫，罩住两只鸟儿，小侄子牵着被绑了腿的鸟儿满院子蹦跶，黑豹吐着舌头贪婪地盯着鸟儿。

“黑豹想吃鸟儿！”大侄子惊叫。

“黑豹也爱鸟儿，咋办？”大侄子陷入沉思。这时，鸟儿拍打着翅膀飞起来，黑豹腾空一跃，准确地咬住了鸟儿，脑袋一甩，便津津有味地嚼起来。大侄子霎时傻眼了，片刻才自语："今晚，鸟妈妈和鸟爸爸会不会来梦里找我算账？"

"没事的，这是麻雀，专吃庄稼，本就该消灭掉。"小侄子过去搂了下大侄子，就进门吃燕燕去了。

我们一群人说笑着吃喝，妈妈忙着收拾上坟祭品。

当然是先回佳县，这才是祖籍所在地，是唯一真正意义上的老家。记忆里第一次到此地是1996年，佳临黄河大桥正式通车，我才跟随爸爸回归故土，去给祖宗们上香祭拜。

那时回家还得经过一段山路，不通客车，我生平第一次坐摩托。下坡时，我死死抓住二哥的衣服，浑身的力气都用在两条腿上；上坡时，双手反向撑在后座支架上，感觉胳膊上青筋暴起。到家后，二哥腰部两侧被我掐得瘀青发紫不说，我自己的胳膊、小腿都肿得不能动弹，彻底瘫软了。此刻望着面前新修的沿河公路，虽说是勉强开通，但却是平坦直线通往村里。

祖坟在一块坡地上，我跟着家人歪歪扭扭走过去。哥哥们用铁锹将坟墓顶端的土层疏松了一下，嫂子们将事先裁剪好的彩纸一半埋进土里，一半露在外面，我和妈妈把水果与零食摆在墓碑石桌上，侄子们依次给坟前倒白酒或饮料，爸爸带着大家祭拜。

部分远亲坟墓在另一地段，通往坟墓的小路长满荆棘野草，我身穿连衣裙不便行走，就在原地休息，其余人都去别处祭祀。我站了一会儿，感觉好累，四处都是荒草乱石，便一屁股坐在坟头儿刚刚插好的彩纸上。过了好久，依然不见家人返回，无聊不说，还又渴又饿，瞄一眼石桌上的食物，不顾三七二十一直接吃了起来。

过了一阵子，家人才陆续过来。

“啊！真有鬼魂吗？他们出来吃东西了！”大侄子仓皇失措地大叫。妈妈大惊失色，把我从地上一把拽起，训斥：“哪儿不能待着，偏偏坐在你爷爷奶奶的头顶儿上，赶紧跪下磕头去。”

“那就让爷爷奶奶来找我吧，正好看看他们长什么样儿！”我逗笑，本就从未见过爷爷奶奶，他们连照片也没留下一张。我生性狂野不羁，但为了让妈妈安心，还是依照她说的做了。

清明时节雨纷纷，果然灵验得很，在去祭祀外公外婆的路上，春雨淅淅沥沥地下起来，全程虽是混凝土硬化道路，但表面沉积了一层深浅不一的泥土，混合着雨水，路面很快就泥泞不堪。

临到目的地时，前面一辆汽车在一急转上坡处，四个轮子伴随着油门声飞速运转，车身却停滞不前，后来过去三个人帮忙在车尾使劲向前推，飞溅起来的泥巴甩了一身，折腾半天车依然在原地踏步。没多久，小路上已经有十多辆车在排队等候，我在车上找了两个塑料袋子，套在脚上绑好，再从皮箱里拿出两袋东西，这是妈妈积攒起来的我们不穿的衣物，每次捎回娘家，亲朋好友们都前来抢着挑选拿走。

我走向深陷泥潭的汽车，指挥大家把衣物铺在轮胎前方，并安排推车的两个人坐在机盖上，再让司机猛加油门，车子就乖乖前进爬上了坡顶儿。司机谢过，预备离去，忽又转身，问："我也是老司机了，咋就不懂你刚才是什么原理？"

"你的车是前驱动，在车尾助力，只会使得前轮空转；让人坐到机盖上，等于加重了前半车身，这样就有利于前轮抓地前进。"我解释。

"你在汽贸公司或4S店上班？"司机惊讶地又问。我笑着摇头说："赶紧开车让道，大家都着急赶路呢！"

对于外公外婆，情感远远超越血缘。我自小就是淘气包，经常把羊羔捆在狗背上，把猫咪丢进猪圈里，搅得鸡犬不宁。外婆总是举着鸡毛掸子挥舞，我便东逃西窜，甩开一定距离就故意歇下来等外婆靠近，眼看她快到跟前时，就再跑出老远叫阵。外婆是旧时缠裹的那种小脚，摇摇晃晃迈着碎步追赶，不一会儿，就气喘吁吁地坐倒了，我则爬到树上摘着水果嘚瑟地送进嘴里。

外公体格魁梧，一米八的身高好似生来就是降服我的，无数次眼睁睁地看着他走过来，把我从树上拎下来，扛在肩膀，走到一口大水缸跟前，示意要丢进去。我又是用嘴咬外公耳朵，又是额头磕他后脑勺，外公警告我再弄疼他，就立刻将我扔进水缸里。外婆总会及时过来搭救，“快放下来，惊着她了，晚上睡觉又说梦话了。”每次都是这样化险为夷，后来我明白这一切只是吓唬吓唬我而已。所以当我再被外公擒拿时，我就双手抱紧他脖子，两腿环住他腰间，很快就安然地睡着了。

我跪在坟前，没有哭，不是不伤心，是外公外婆留给我的快乐太多，今生最大的遗憾就是他们没等我有能力去回报恩德便离去，我只能倾其所能来保护好父母。

舅妈已瘫痪在床多年，说话已经气若游丝，吐字不清，我一句没听懂。我们按照计划在家里停留一晚，饭后闲聊了一阵子，都说白天折腾得劳累了，考虑次日还要赶路，就各自去睡了。

一觉醒来，只觉口干舌燥，我起身欲找水喝，忽然看见妈妈房间门缝里还有灯光。我轻声推门，妈妈正在灯下穿针引线。

“妈，这么晚了，还在缝什么？”我靠过去。

“你不是要带个枕头吗？”妈妈抬头。

“家里不是有很多枕头吗？”

“都是旧枕头，我给你缝个新的。”

“新旧一样，能枕就好。”我上前拿掉妈妈手里的活计放在一旁。

“去北京带个新的，体面一点儿。”妈妈说着又从一旁抓过活计。

“即便是旧枕头，我买个新枕套装进去不就得了！”我说着又试图去夺活计。

“你从来都不向家里要什么东西，难得开口一次，我想给你缝制个新的！”妈妈倔强地捏紧活计。

我将妈妈揽入怀里，默然发誓：宁愿我受十分的苦，也不许妈妈忍一分的气，尽我所能守护她安康。妈妈在比比画画之中继续缝制枕头，不时催促我去休息，我只顾盘膝与她对立而坐，赖着不走。天亮时，妈妈将一个崭新的枕头交给我，脸上的欣慰完全掩盖了疲倦。

次日临行前，妈妈忙乎着问我需要的东西都带上了没有，反复重复问了很多遍，爸爸只是说了句路上慢点儿，就低头用手指梳理黑豹的毛皮。

我从汽车后视镜望着年迈的父母，有种前所未有的伤痛袭来。父母习惯住在乡下，任凭我们好说歹劝就是不愿来市里居住。在大表哥的谋划下，我们先是诉说种种不顺，然后建议去看是否因风水引发，再依照计策去拜访几个卜卦的，对方遵从我们事先拟好的台词，一致认定父母现在的居住地对子女不利。爸爸生性执拗，却偏于迷信，我们抓住这点大做文章，果然很有说服力，终于父母答应搬到市里去与我们同住。

无奈，到了陌生的环境没多久，爸妈就抱怨起来。进出门要换鞋，不带门禁卡就被拒之门外，每天都要花钱买菜，过个马路简直操碎了心，还没有唠嗑的朋友，他们虽不闹腾回家，却也整日闷闷不乐。我们带领爸妈去学广场舞，他们非常抗拒，又称音乐太吵，刚出去就急着回家。真想不通爸妈早年也一直住在城市里，晚年才回了农村，怎么这么快就迷恋起了田园生活！看着爸妈郁郁寡欢，我们于心不忍，只得承认了这一系列骗局。再次回到农村的父母如鱼得水。

每当看到清明时节人们扫墓时，认真地摆上吃的喝的，虔诚地祭祀祷告，虽说这是几千年来的中华祭祀传统习俗，我却总觉得一切都是炊沙镂冰，与其这样自欺欺人地表达孝心，不如父母在世时多做点儿实际行动。

34.有资本才有主动权

那年，我预备出发去学校报到，不巧爸爸住院了。临行时，我将备好的学费全部给家里留下，谎称自己身上还有余款。那时，我正在养大货车，按照正常情况推算，大货车会在次日返回，我就可以去信息部结算运费，这样学费就另有着落了。

天有不测风云，货车一早抵达目的地，因卸货地点在市区，货车白天不能进入，过了零点，才能去卸货，加之回货不好配，路上又堵车，比预期返回时间迟了一周。学费的事，我给辅导员解释晚几天补交就暂放一边了。从家里出发时，我仅仅带了路费，到学校时我身上只有三块钱了。我是个自尊大于性命的人，开口求助等于脱一层皮，我的坚强说白了就是硬撑。每到饭点儿，同学们都去食堂了，也有打回来宿舍吃的，为了不陷入尴尬，我便独自拿本书去操场呆坐着消磨。每天只啃小半包儿方便面，不停地喝水，到哪儿都觉得心慌意乱，又唯恐弹尽粮绝，剩下一元钱装在口袋里，死活不敢再花掉，直到司机把钱给我送进校园，我才去食堂填饱肚子，那一刻只觉得吃饱饭真好。

一次，家人用太原客车给我捎来东西，我去榆林车站去取。司机打电话说再有十分钟进站了，我开车转了两圈才在距离车站很远的位置找到车位，匆忙小跑赶到车站，进了候车室，工作人员要求买站台票才能进入站内，我才发现钱包儿忘在车上，自己身无分文。我承诺先去取东西，然后再来补买站台票，却偏偏遇到一个铁面无私的“女包公”，死活不肯通融。那时还没有流行微信红包儿，进站口与出站口都有保安看守，不许行人进出。我杵在原地，深刻领悟到关键时刻一分钱难倒英雄汉，五毛钱足以把我这个小女子逼上梁山。

司机再次打电话催促我去取东西，我战战兢兢地试探性请求他把东西送出大厅来，司机倒是不错，还真把东西送到外面了，我好想说“一起吃个饭吧”，然而不带钱就觉得心虚，只好干巴巴地说了句：“谢谢。”

我有个非常要好的女性朋友，家庭背景优越，自身条件过硬。一次交流时，她非常自信地说："我虽然离异还带孩子，但依然要找个未婚的。记住，只要有资本，何时何地都有讲条件的主动权。"这让我突然想起，王菲因一句"既然男人都花心，我为何不找个帅气的？"陷入热议的事情。当年，我发自内心排斥这种思想，现在突然能够理解了。那是一种间接表达出来的自信，有资本的人才敢那么说，那么做，只要具备能力，一切"不可能"都会成为"可能"，何况是一张漂亮的面孔！

时光流逝，有些话变得风轻云淡，有些话依然记忆犹新。近几年，每逢我回家探望，母亲与人闲聊时，总不忘嘱托别人帮忙给我物色对象，对方总是满脸堆笑地说："你家女子这么优秀，谁知究竟什么样的人家才能配得上。"那一瞬间，我总会想起另一幕情形：家庭因一场官司变得一穷二白，一段时间里，米和面都是赊账拿回家的。村上一位颇有威望的老者上门劝说父亲，把我嫁给万元户家的傻儿子，还说一辈子不必为吃穿发愁，向来伶牙俐齿的我当面反驳：既然是这么好的人家，你家有三个女儿，怎么不嫁过去呢？

千言万语，终归一句，有钱不是万能的，没钱是万万不能的。人穷之时，连同节约，都被贬为寒酸，身价涨了，若是简朴，反被赞为低调。兜里有钱，走哪儿都觉得心里踏实，若不带钱，明知什么也不买，都没底气出门。

我没有背景，若是非要比拼背景，那我的背景就是我自己，所以我必须卖命奔跑！

35.做一个独立的女人

乔逸是个工作狂，多少个节假日，她都被各种事务把时间占用得一干二净。国庆长假，她终于毅然决然地放下工作，给了自己一个说走就走的旅行。她一路拿着相机，美景随之定格，心情美美哒。就在她春风得意时，只觉得脚下一崴，低头去看时，鞋跟已经断掉了。乔逸游玩的情绪一落千丈，窘迫地挪到一块大岩石上坐下来。

“我这儿刚好有双鞋，你试试能穿吗？”田留香上前一步，绅士地递过一个鞋盒。乔逸从不接受他人东西，但眼下是非常时刻，否则真就寸步难行。乔逸接过鞋子，激动又慌乱地穿好，虽然有点儿大，鞋带系紧些，倒也不碍事，便喜上眉梢。

“多少钱？我给你。”乔逸欣喜地问。

“刚买的这鞋就后悔了，扔了可惜，拿着累赘，正发愁呢，现在赶巧派上用场，我还得谢谢你。”田留香活动了几下手腕。

“素不相识，拿人东西，实在不妥。”乔逸尴尬地低头看着鞋子。

“你若是心存不安，请我吃个饭好了。”田留香非常确定乔逸会爽快答应。

“好，这样也好。”乔逸自觉得找到了处理事情的平衡点，不假思索地接话。

乔逸原先是独自拍摄景色，此刻换作田留香用各个角度抓拍她的靓影。临近下午七点，二人一同去吃饭。景区自然是特色佳肴云集，旅行途中，美食绝不可辜负，看见什么都觉得不能错过。就这样，每到一个摊位两人就尝一尝，直到吃撑了，还有很多风味小吃尚未品尝。

吃得投合，聊得更融洽，田留香在接听电话时，乔逸才惊喜地发现二人还是老乡呢。人在异地会本能地讲普通话，逛了一天，两人居然谁也没漏出一丝方言。临别时，双方互留联系方式，一起订了次日的返程机票。

田留香住空港区，乔逸住高新区，这两个区刚好在榆林市的南北两端，相距十多公里。田留香每天日出开车去看乔逸，日落才恋恋不舍地回家，守候整整一天，实则相处时间合起来不超过一个小时。乔逸在一所重点中学任教，是高二（1）班的班主任，又在另外两所学校从周一到周五每天各代教一节课，周末还得去电台录制一个播音主持节目，田留香只能在乔逸从一个工作地点赶往另一个工作地点的路上，和她有个短暂交流。她去上班，他就在附近溜达消磨时间等待。

乔逸连吃饭时间都不宽裕，更别提休息了。田留香会随意带一份速食，或者一根煮玉米，或是一个烤红薯，都可以作为乔逸的一顿饭。

田留香对乔逸的生活摸得一清二楚，而乔逸对田留香的状况却是一无所知。田留香说自己承包了一个煤矿，雇人打理，只需定时核查账目即可。当然，这只是他一面之词，她从未见他交易过一粒煤粉，也没听他接过一个与煤有关的电话。她与他谈到煤质，他压根不懂什么水分、含硫量、灰分、发热量、黏结指数，她质疑，他解释自己纯粹就是一个吃粮不管事的老板。

某天，田留香接了个电话，电话那头儿清晰地有个女孩的声音在喊爸爸，乔逸没有言语，只是用一道凌厉的目光斜了一眼。

“是我姐的女儿，我姐夫在孩子出世的几天前，死于车祸。为了不在孩子成长过程中造成阴影，我就扮演孩子的爸爸，等她再大点儿了就告诉她实情。”乔逸表情瞬息万变，按照伦理来讲，有点儿乱套，单从情感出发，又颇为触动。

情人节那天，乔逸与田留香面对面坐在一家饭店，各自低头翻看手机，消磨等待上菜的时间。乔逸收到田留香发来的一个13.14元的红包儿，两人对视一笑，继续低头看手机。乔逸微微扭动脖子，正巧从侧面的镜子里瞄见田留香还在发红包儿，她不动声色地窥探，他竟然浑然不觉，只顾连续给好几个好友发送13.14元的红包儿，等他轻松地抬头伸懒腰时，才发现镜子里的乔逸虽然平静如水，但眼睛里却写满了内容。

“你都看见了？”田留香心虚得很，不小心打翻了茶杯，慌忙擦干水痕，故作镇静地解释：“是我姐以及几个朋友在向我借红包儿。”

“是么？借红包儿就刚好借个13.14元，怎么不是整数呢？”乔逸似笑非笑。

“他们说要给所爱的人发红包儿，我知道借了又不还，发多了也浪费，那就刚好给个13.14元。”田留香的话听起来也合乎逻辑。

乔逸的座驾是一辆迈腾汽车，田留香说送她一辆牧马人汽车，如此才与她身上的霸气匹配，再者也是提高驾驶的安全系数。每当提及这件事，乔逸总是嘴角微微一斜，这个笑容一点儿也不甜美，却格外冷酷。田留香第36遍说这句话时，乔逸淡淡地回了一句：“我从没想过要你什么车子，真的经济宽裕，还是购置一套房子，无论与谁结婚，起码有个安放爱情的暖窝儿。”

乔逸乍一看上去是个大大咧咧的女子，实则心思缜密得很。一次，她带田留香进小区取东西，在大门以及楼门处，他直接上去推门的蠢笨动作，等她刷卡后，电子门自动弹开，从他惊讶的表情，她就断定他住的地方不在小区，甚至都没有出入小区的经验。

“我在高新华府小区有房子，一次性购买，房产证都在手里了。”田留香显露出唯我独尊的自恋。乔逸去接听电话，接完后也不再接茬儿刚才的话题。

次日，田留香没有来找乔逸，这是两个人认识以来第一次超过24小时没有见面。

又是新的一天，乔逸一早刚出门，就迎面撞见欢欣若狂的田留香，他拉开副驾车门，等她坐好，塞过去一个房屋产权证。乔逸接过来打开，户主是田留香，再翻看，第三页中附记一栏都是空白。正常来说，此处应该填写产权来源、分摊面积、使用面积等信息。她波澜不惊地合上本子，用手轻轻去抚摸，只觉得封面光滑，纸质柔软，真正的房产证封面硬实而有纹理，能够明显感觉到凹凸感。乔逸感觉事态不可名状，但依然面不改色，趁田留香不注意，她用手机拍了下房产证资料信息，而后不动声色地将本子放进储物箱。

乔逸本想去房管局核查田留香那个房产证信息，结果忙完一天的工作，已到六点了，此时正是机关单位下班时间。她突然灵机一动，开车径自来到高新华府小区，进了物业大厅，对前台接待礼貌地说："你好，朋友托我代缴一下物业费，×号楼×单元×室。"

"户主是郭斌……"小姐职业性地核对信息。

"名字不对啊，可能是我弄错了，我打电话核实一下。"乔逸煞有介事地翻着手机通讯录，出了大厅，淡淡一笑，有嘲讽，有冷漠。

乔逸虽然三十出头儿，但也算桃李满天下，阅人无数，她尤其不喜欢一个男人无所事事，成天围着一个女人转圈，加之很多件小事累积起来，她观察到田留香一点儿办事能力也没有，只有嘴上功夫。这是一个相当聪明干练的女性，她一旦看透某个人，都懒得去揭开，但言行举止已经明显疏远。

一个午后，田留香约了乔逸，两人在汽车里坐了好久都没开口。又过了一阵子，田留香去了公厕，乔逸坐在车里收听广播。田留香的手机随着嗡嗡的振动声音在仪表台上打转，一遍又一遍的振动音，强烈干扰广播，好生厌烦，乔逸看见手机屏幕显示：联通刘强，她想回复对方稍后会转告田留香给他回拨电话。

刚接通电话，电话那头儿传来一个男孩的声音："爸爸，你什么时候回来呀？”乔逸没有出声。

“爸爸，我想你了，回来时买点儿香蕉……听见了吗？”男孩继续说话，乔逸冷静地聆听动静。

“妈妈，爸爸的电话接通怎么不说话？可能是信号不好，你过一会儿再打。”再次传来的是母子俩的对话。乔逸对电话那头儿的女人万分好奇，悄然将这个电话号码保存进了自己的手机里。

“刚才你的手机一直响个不停，我就替你接了，你看是否要回个电话。”田留香刚拉开车门，乔逸就轻描淡写地说。田留香抓起手机，一看通话记录，脸色变幻莫测。这时，那个联通刘强正好又打过来了，田留香走了好远才接通了电话。十几分钟后，田留香回到车上，神色慌张地问：“她与你都说了什么？”

“你回去问她不就知道了，想让我说话可是要收费的，别忘了我的职业是讲课。”乔逸懒懒地翻看手机。田留香定了定神，随即扯出一大堆陈谷子烂芝麻的事儿，表明电话里的母子是自己酒后酿下的大错，他们之间现在只是抚养义务关系，不存在夫妻事实，所有的一切言语无非想证实自己有多冤屈。乔逸始终一言不发，心中早有定论，欺骗在她这里就是死刑，不过在宣判之前她还想不动声色地观看田留香，看他如何自编自导自演这出闹剧。

乔逸特别心疼田留香电话簿里那个联通刘强，居然会被如此不堪演技的男人蒙蔽！不费吹灰之力，乔逸约到了这个女人，见面自我介绍时，才知道她真名叫乔慧，居然与自己同姓，傻子都明白田留香在电话簿里备注联通刘强是为了掩人耳目。

乔逸是凭借三寸不烂之舌徘徊于讲台的职业，却第一次感到词穷，也怪眼前这个女人出奇的淡定，反倒让自己有些乱心。

“你怎么不问我是谁？又为何约你？”乔逸凭直觉判断，眼前这个女人一定有一颗强大的内心。

“司空见惯，懒得过问！”乔慧似笑非笑的样子让人发冷。

“好像你什么都知道，但我想表明一点，在见面之前，我从没听到过你，否则绝不会介入进来，田留香隐瞒了一切，我是意外得知你的联系方式。”乔逸起身诚恳地深鞠一躬。

“我与田留香结婚十年了，起初是我顺藤摸瓜地挖掘他身边的异性，逐渐我疲惫了，选择了沉默。后来，不时有女人主动上门找碴儿。”乔慧终于打开了话匣子，“而且我清楚地知道，田留香就是用超越常人的耐力，从细节上打动每一位女性，加上他与生俱来的吹牛拍马功夫，赢得了成群结队的女性飞蛾扑火，死心塌地要跟着他，那么他的算盘就开始了。”

“而后，这些女人的收入都会心甘情愿地送到他手里，他就用旧爱的金钱去物色新欢。田留香对你们采用的攻势，我虽没有目睹，但闭着眼睛都能猜到，一定说自己是未婚。你如果提出见他的家人，他会装作苦不堪言，称家中有位后妈蛮不讲理，然后宽慰你，婚后带你独住新房，只在过节探望父母即可。紧接着，你就可以看到一张假造的房产证，并满心期待地等待成为房子的女主人。”

“我当年就是这样被骗领证的，进门后由一个黄花闺女儿直接变成后妈，因为他之前提到一个叫爸爸的外甥女其实是他前妻的孩子，他的姐夫活得好好的，压根没有孩子寄养在他家，而他口中所谓的后妈实则就是生他养他的亲妈，因为他屡教不改，父母便也睁一只眼闭一只眼，后来事实证明，很多上钩的女人居然与我走过的是一模一样的套路。”

“那你就甘愿这样过下去？”乔逸不解。

“我是在单亲家庭长大的孩子，真的不想让孩子再步自己的后尘，何况孩子上学需要有人接送，还得辅导功课，我自身没有经济能力。所以只要田留香给我们母子生活费，我都懒得理会他与谁鬼混。”

“你给孩子的所谓的家庭完整只是一个形式，忽略了健康的环境才是最重要的。”乔逸一语点破。

“你是唯一一个见面就对我诚恳道歉的人，所以我才愿意揭穿田留香的面目，让你趁早退出。实话告诉你吧，这些年路过田留香的所有女人都是过客，包括我自己，他真正的主人是一个煤矿女老板，田留香于她而言，就是一个呼之即来挥之即去的人。当然，田留香原本只是一个搞室内装修的杂工，突然有人定期给钱给生活费，何乐不为？”乔慧在描述自己的男人时，没有掺杂任何情感，仿佛只是认识的一个异性朋友而已。

“你确定要一辈子这样过下去？”乔逸突然很关心这个女人的未来命运，话一出口，又想起“宁可拆十座庙，也不毁一桩婚”。

“为了孩子，我愿意忍！”乔慧这么说，乔逸也庆幸刚才的对话并没有引发这段婚姻走向灭亡。这两个女人之间没有一丝情敌的火药味，而是一见如故，推心置腹地聊了很多话题，设身处地为对方着想，临别时还加了好友，嘱咐随时联系。

乔逸杜绝了田留香死缠滥打式的邀约，放话若再骚扰她立即报警，如此，乔逸的生活很快回归了以往平静而忙碌的状态，而她与乔慧此后也再无联络。

在人间，缺资金，可以周转，欠人情，可以补偿，但老天那儿从不赊账，待到相应时间就必会定期兑现，正如这条闯入乔逸视线的新闻：田留香驾车途中，出了车祸，驾车直接飞向悬崖，致使车毁人亡。平日里，人们看到这等不幸消息都会默哀，此刻的乔逸却面无表情，她突然想起一个人，拨通乔慧电话约好地点便迅速赶了过去。

乔逸与乔慧依旧坐在初次见面的餐厅，这次是乔慧先开口了，“田留香的离去对我来说是一种解脱，只是孩子以后的生活就没着落了。田留香的父母让我去留自便，只要孩子不改姓就好。我知道他们也无力养活孩子，离开是早晚的事，但还没想好何去何从。”

“事不宜迟，应当先找一份工作，你有什么擅长？”

“没什么一技之长，婚前在超市做过售货员，后来就成了全职太太。”

“正好我哥开了家超市，我介绍你去上班，不需要什么技术含量，如果你找到合适的工作，随时可以跳槽。”

“太好了，如果可以，我明天就想去上班！”

“当然可以！我哥的超市离我家不远，我独住，你愿意的话，正好搬来搭伴住。”

“太麻烦你了！”

“别说见外话，住在一起，也能相互照应啊！”

“相识恨晚，若是早些年认识你，我至少可以在你身上学到很多东西。”

“男人总说不想找漂亮的女人，但骨子里都爱美女，只是自己没有运气遇到，或是遇到了人家未必会看上；男人总说自己的女人不需要有多大的能力，但是对方真有本事，还不是恨不得当女神供奉！不要轻易相信那些甜言蜜语，更不要把希望寄托在任何人身上，唯有自己足够独立，任凭谁也会45度角仰视。你的生活费全靠田留香供给，这便是他敢明目张胆鬼混的主要原因之一。”两个人你一句我一句聊了两个小时，起初还有些生分，逐渐就打成一片了。

后来，乔逸与乔慧同吃同住，彼此照顾，相互影响，俨然一对儿失散多年的姐妹再次团圆。“都不曾留意，鲜花在几时遍地绽放！”乔慧诧异地尖叫。

“只要努力，春天一直都在！”乔逸蹲下身子贪婪地呼吸花儿香。

两个靓丽的背影张开双臂，拥抱蓝天，拥抱空气，拥抱阳光，就地转圈，拥抱在一起。

男儿当自强，女儿当自立。一个独立自主的女人，如同一杯红酒，轻轻摇曳酒杯，旋转的酒纹如丝似缕，呼吸之间顿觉醇香扑鼻，小抿一口，更是沁人心脾，继续品鉴就达到如痴如醉的境界了。